青年学者文库 **12**

文学批评系列

新视野下的文化与世界

李云雷 著

中国言实出版社

图书在版编目（CIP）数据

新视野下的文化与世界 / 李云雷著 . -- 北京：中国言实出版社，2016.6
ISBN 978-7-5171-1911-1

Ⅰ.①新… Ⅱ.①李… Ⅲ.①文学理论－研究－世界 Ⅳ.① I0

中国版本图书馆 CIP 数据核字（2016）第 129893 号

出 版 人：王昕朋
责任编辑：肖凤超
封面设计：王立霞

出版发行　中国言实出版社
　　　　　地　　址：北京市朝阳区北苑路 180 号加利大厦 5 号楼 105 室
　　　　　邮　　编：100101
　　　　　编辑部：北京市海淀区北太平庄路甲 1 号
　　　　　邮　　编：100088
　　　　　电　　话：64924853（总编室）　64924716（发行部）
　　　　　网　　址：www.zgyscbs.cn
　　　　　E-mail：zgyscbs@263.net
经　　销　新华书店
印　　刷　三河市祥达印刷包装有限公司
版　　次　2016 年 6 月第 1 版　　2016 年 6 月第 1 次印刷
规　　格　889 毫米 ×1194 毫米　1/32　6.25 印张
字　　数　157 千字
定　　价　30.00 元　　ISBN 978-7-5171-1911-1

序

我从事文学批评的时间并不长，但是文学批评如今却成了我与世界相联系的一种重要方式，我时常问自己：我为什么要从事文学批评，我是怎么做文学批评的？通过文学批评，我最终想要达到什么样的目的或效果？

对于我们这一代从事文学批评的人来说，首先要解决的问题是，我们为什么要做文学批评？从事文学批评是一份艰辛的工作，也是一份寂寞的工作。在文学如此不景气的社会环境中，文学批评还有什么必要？与文学创作相比，文学批评缺乏吸引人的生动故事与鲜明形象；而与文学理论、文学史研究相比，文学批评则缺乏在学院体制中的重要性。可以说在文学的整个环节中，文学批评处于一种颇为尴尬的处境。但是文学批评又是重要的，是文学生产过程中不可或缺的一个环节。从小的方面来说，文学批评要对具体的文学作品做出判断，要判断一部作品的优劣，要对其好处与坏处做出深入、细致、专业的分析，只有这样，才能建立起一整套文学评价的体系与标准。如果没有这样一套评价体系，整个文学界将会处于一种无序的状态，可以将一部很差的作品说得天花乱坠，也可以将一部艺术性很高的作品淹没，无法认识其真正的价值。在这个意义上，可以说文学批评维护了一种正常的文学秩序，为文学作品的优胜劣汰提供了一套评价机制。从大的方面来说，文学批评还要关注文艺界的新现象、新因素与新思潮，在文艺界的最前沿创造与引导新的文艺思潮。

在从事文学批评之前，我在北京大学中文系读博士研究生，在漫长的学习生涯中，我涉猎了不少西方文学理论，也积累了不少中国现当代文学史的知识，自己也尝试过文学创作，但当时的一个缺陷是，对1990年代以后的中国文学缺乏了解，也缺乏兴趣，我不知道中国文学的现状是怎样的，我们怎样做才能使中国文学朝好的方向发展，或者说我们怎样才能在现实的基础上创造理想的中国文学？这样，当时的理论学习便只是单纯的学习，文学史研究也只是单纯的史学研究，没有与现实中正在发生的文学结合起来，很多研究便缺乏问题意识与方向感，是一种"无的放矢"。

介入文学现场只是一个开始，在这样一个文学场域，需要你去发现新的问题，并做出自己的系统性解答，只有这样，才能真正发出自己的声音。在这个时候，仅仅依靠文学理论或文学史知识是不够的，我们需要融入个人的生命体验，需要融入情感、血泪与欢笑，需要融入对这个世界的观察与思考，当然这些体验与思考并不是系统性的，但是当我们开始具有"自觉"的意识，我们便会发现，并不是所有的人都有共同的感受，并不是所有的文学都有共通的"美"，我们应该寻找到一种方式表达自己的经验与情感，应该创造出一种我们自己的美学。文学是这样，文学批评也是这样。这是一个发现世界的过程，是一个发现自我的过程，也是一个创造"美"的过程。

2005年以来，围绕曹征路的《那儿》及其他作品展开的"底层文学"讨论便是如此，在这一讨论中，不少人对"底层文学"持有强烈的批评意见，而我是"底层文学"的倡导者与推动者之一，正是这些批评让我意识到了我与"他们"的不同。这一不同包括两个方面，一是在身份与自我意识上，我来自于社会底层，并与之保持着血肉般的联系，与其他评论家强烈的"精英意识"有着鲜明的不同；二是在知识上，我汲取了"新左派"的重要思想资源，对1980年代以来的新启蒙主义、新自由主义有所超越，形成了自己观察世界与文学的独特视角。正是在这些基础上，我撰写了一系列文章，从理论与历史等方面为"底层文学"辩护，并探讨其健康发展的道路。在"底层文学"的讨论中，一个值得关注的问题是，当曹征路、陈应松、刘继明、王祥夫、刘庆邦、胡学文、罗伟章等作家已经创作出了不少优秀作品之时，却并未在文学界得到足够的认可，而其中的一个重要原因则在于他们的作品不符合主流的"美学"，但在我看来，在他们的作品（也包括一些"打工文学"）中，恰恰蕴含着另一种美学或美学的萌芽，需要引起我们的重视。

我们的时代是一个飞速发展与剧烈变化的时代，文学批评应该站在文艺发展的最前沿，不断发现问题、分析问题并做出自己的判断，创造并引导新的文艺思潮。这对批评家提出了新的要求，他不仅应该具有对文学作品的艺术敏感，而且应该敏感于整个文学界的发展与变化，并在这些变化中捕捉到新的经验与新的美学因素，从而抓住最具时代精神症候的变化，而这正是文学发展的动力之所在。对于一个批评家来说，真正具有创造性的工作，不在于以一套固定的文学评价标准去评判所有的作品，而在于在时代的变迁中把握住美学上的新因素——这种新因素在挑战着旧有的文学评价体系，也是正在形成的新的美学体系的萌芽，我们应该捕捉这些具有生长性的因素，并在与自己旧有知识的碰撞中形成独具特色的新视角。

2006年以来，我撰写了以"如何讲述中国的故事"为主题的一系列文章，这些文章所针对的问题主要是，五四以来尤其是1980年代以来的中国文学，是在以西方文学为参照发展起来的，在这样的情况下，我们如何重建中国文学的主体性？之所以提出这样的问题，是因为在很多中国文学的作品中，我们看不到中国人的经验与情感世界，文学当然可以表现人类共同的经验与情感——那些生老病死、喜怒哀乐与爱恨情仇，但我认为如果某种经验与情感要表达得深刻、细腻与微妙，必然是与脚下的大地紧密联系在一起的。我所不满的是这样一种状况，20世纪尤其是最近30年来，中国人的生活方式与内心世界发生了天翻地覆的变化，中国经验是那么丰富复杂，却没有引起足够的重视与表达，而来自西方文学的某些观念性的东西（如恐惧、暴力、性等），却吸引了不少作家的注意，成了他们写作的主题。在这样的状况下，要不要讲述中国故事，如何讲述中国故事，便成了我所关注的问题。近年来，在贾平凹、王安忆、王祥夫、郭文斌、付秀莹等作家的作品中，我们可以看到，他们在尝试借鉴传统中国小说的形式讲述中国故事，他们在传统中国文学中发现了巨大的宝库，不再借鉴西方的文学资源，而开始借鉴中国的文学资源，这可以说是中国文学的一次巨大转向。但是在我看来，文学资源的借鉴只是初步的工作，借鉴《红楼梦》与借鉴《百年孤独》并无本质的不同，我们需要的不是"现代版的《红楼梦》"或"中国版的《百年孤独》"，我们需要的是能够表达出当代中国人经验与情感的著作，而这则对作家提出了更高的要求，他们需要将借鉴转为创造，创造出一种新的形式以表达当代中国人的经验与情感——一种既不同于传统中国人，也不同于现代西方人的经验与情感。

在对这一问题的持续思考过程中，我逐渐提出了自己的系统看法，也在与思想界民族主义、文化保守主义的切磋中明确了个人的想法。一方面，相对于"文化保守主义"，我更注重当代文化的创造性，主张不归于"旧"而成于"新"，我们可以借鉴传统的文化资源，但不必以传统文化为旨归，我们应该在现代中国历史与现实的基础上，创造出一种"新文化"；另一方面，中国的"民族主义"虽然有其内在的合理性，但在民族复兴的语境中，我们需要警惕"中华帝国心态"与"扩张的民族主义"，需要反思民族主义内部隐藏的阶级压迫结构，我所主张的是与"底层"联系在一起的"民族主义"与"国际主义"。

关于70后作家的研究，也是我文学批评的一个重点，这是因为同样作为一个70后，我与他们有着相似的人生经历，而且70后作家处于文学格局的巨大转折之中，他们与50后、60后作家所处的"文学场"不同，也与80后作家所处的市场化环境不同，处于一种"夹缝"之中。在对70后作家的研究中，除了对张楚、阿乙、石一枫、吴君、乔叶、肖勤等具体作家的评论与访谈，我还从整体上分析了他们的处境与所面临的问题。我认为，"70后""80后"等概念的产生，便是一种具有症候性的文学事件，这既是"去政治化"的产物，也是"文学革命终结"的表征。我们可以看到，在1990年代初"70后作家"的概念产生之前，作家很少被以年龄为标志划分类别。在此之前，正如"伤痕文学""反思文学""改革文学""寻根文学""先锋文学"等命名所显示的，作家更多地以题材及其所处的文艺思潮被命名，当然在这一命名方式中也会存在年龄因素，但相对于文艺思潮来说，年龄的因素并不占据主导的地位，这也可以解释为什么汪曾祺可以和莫言、韩少功等一起被称为"寻根作家"，为什么马原可以和苏童、余华等一起被称为"先锋作家"。所以，"70后作家"这一看似"自然"的命名，其实质在于以年龄的因素取代了文艺思潮的因素，随着这一命名方式的普泛化，一种"稳定"的文学秩序便取代了一种可以在思想艺术层面进行交流、交融、交锋的文学场域。

但是另一方面，"70后"的命名也有内在的合理性，因为这些作家与1950、1960年代出生的作家相比，无论生活经验还是审美经验都已经发生了很大的变化。他们认识世界的方式，他们的成长经验与背景，他们的美学趣味与偏好，都有不同于前人的独特之处。对于一个作家来说，如何发现这些生活与美学中的新经验、新因素，做出不同于前人的探索，从而创造出新的美学，是值得去努力的方向。我认为70后作家所面临的问题，主要是如何处理作品与个人体验关系，如何历史地理解"现实"，以及艺术赋型的能力问题，这些问题制约着他们创作所可能达到的深度与广度。对于70后作家的关注，也是对我自身所处语境的关注，因为我们共同面临着文学的巨大转型。在我看来，最为重要是将我们的处境"对象化"与"问题化"，现在我们文学的处境并不是"自然而然"的，也不是"从来如此"的，我们只有将之纳入历史的脉络中，纳入理论的观照中，才能发现"文学"所存在的问题，也才能发现真正的生长点在哪里。在这个意义上，文学批评应该具有历史的视野与理论的眼光，仅仅依靠个人的"天才"与"灵感"，难以对当前复杂的文学状况做出整体把握与细致分析。

文学批评并不仅仅是关于文学作品的评论，文学批评还需要关注文学所置身的整个环境，文学在社会与文化领域中位置的变化，文学的生产—传播—接受过程，文学体制与文学整体格局的变化，文学与时代、政治、经济的关系，文学与社会学、思想史、文化研究的关系，等等。这样的观察方式让我们不再从一个孤立的视角看待文学，而将文学视为社会整体的一部分，我们可以在不同层次上把握"文学"及其内在变化。当然与此同时，我们也需要注重文学自身的特殊性，文学具有特殊的内部规律，我们应该将内部规律与外部规律结合起来，以一种更具综合性的视角来观察文学。在这方面，我也撰写了一些文章，试图勾勒出当代文学格局的变化，并分析其未来的发展趋向。在我看来，我们的文学正在经历的转折，不仅是新时期以来的最大转折，也是新中国成立以来的最大转折，甚至是五四新文化运动以来的最大转折，我们需要一种新的方式去把握"文学"，在一种更加开阔的视野中去把握当下的文学问题。

在这个意义上，文学批评对于我来说，不仅仅是一项文学工作，也是观察与思考世界的一种方式。在我们这个时代，中国与世界都在发生最为深刻的变化：一个新的中国形象，一个新的世界图景，正在展现在我们面前。这个中国是陌生的，这个世界也是陌生的，甚至连我们自身也是陌生的。我们还需要时间去重新认识自我与文学，重新认识中国与世界，但无疑我们已经走到了一个巨大的转折点上。在我们的文学作品中，我们可以看到这一转变的精神症候，而且正如我们所知道的，在最为优秀的艺术品中，隐藏着一个时代的精神密码或"集体无意识"，它们超越了简单的故事层面，直抵我们心灵的最深处，将我们难以表述的经验与情感以创造性的方式表达出来，通过对这样的作品的研究，我们可以更深刻地理解我们自己，也可以更深刻地理解中国与世界。

我想通过以上的简单介绍，大体可以了解我最终通过文学批评想要达到的目的：一是发现并创造我们这个时代的独特的美学，二是探究人类灵魂的秘密，三是追寻正义的事业。需要说明的是，这三者是紧密相连的一个整体，可以说，正义的事业是建立在对人类灵魂探究的基础之上的，如果我们不能更深刻地理解人类的灵魂，也就不能更坚定地追寻正义的事业，而"美学"则是我们在探究与追寻的过程中所创造的表现形式。另外一点，需要强调的是，我们并不是在孤立地探究人类灵魂的秘密，也不是在静止的状态中追寻正义的事业，我们是在一种动态的过程中，是在时代的发展之中去探究与追寻，我们探究的是我们这个时代中国人的心灵秘密，但是优秀的作品能够超越时代与国别的限制，从狭窄走向开阔，从"自我"走向世界，从具体的时空走向永恒。"美学"如此，正义也是如此。以上当然只是我的一些设想，自己也远未达到，但是作为一个远景目标，"虽不能至，心向往之"，我希望在今后的写作中能够去逐渐接近。

李云雷

2016 年 5 月

CONTENTS

目录

上　编

文学观察

告别五四，走向哪里

——"新文学的终结"及相关问题

一、引子

作为一个理论问题，"新文学的终结"已有不少学者涉及，虽然他们的看法与态度大不相同，但都认识到了"新文学"处于严重的危机之中。但在我看来，"新文学的终结"不仅是一个理论问题，也是一个我们置身其中的现实问题，这主要表现在：（1）"新文学"的观念遭遇到了前所未有的挑战，那种严肃的、精英的、先锋的文学观念，正在被一种娱乐化或消费主义式的文学观念所取代，或者说，在整体的大文学格局中，"新文学"的传统与地位正在被弱化；（2）"新文学"的体制也处于瓦解或边缘化的过程中，在新文学发展中形成的"文学共同体"也正在趋于衰落或消散；（3）"新文学"的媒体也在发生变化，以往以报纸、期刊为核心的"新文学"的传播媒介，正在被网络化、电子化、数字化的新媒体所取代。

以上这些变化，可以说是自五四"新文学"发生以来所遇到的最大挑战，是一种前所未有的"断裂"，这一"断裂"远远超过以

1949 年为界的现代文学与当代文学的"断裂",以及以 1976—1978
年为界的"'文革'文学"与"新时期文学"的"断裂",我们可以
说现代文学与当代文学的"断裂"、"'文革'文学"与"新时期文
学"的"断裂"仍然是"新文学"内部不同传统之间的取代、更新
或变异,它们仍然分享着共同的文学观念与文学理想,但是我们正
在经历的这一次"断裂"却从根本上动摇了"新文学"的观念与体
制,因而更加值得我们重视与认真对待。但是另一方面,"新文学"
的当前处境与空前危机,也为我们提供了一个新的契机,让我们可
以从一个更加开阔的视野,重新审视"新文学"的历程,研究其总
体性特征,分析其"起源"与"终结",并探讨其未来的可能性。

二、"新文学"的建构与瓦解

在《中国当代文学史》《问题与方法》等著作中,洪子诚教授
以"一体化"与"多元化"为总体思路把握当代文学的脉络,他认
为当代文学的历程是"左翼文学"走向"一体化"以及这一"一体
化"逐渐瓦解的过程。在他的描述中,在 1942 年尤其是 1949 年之
后,"左翼文学"在取得了文化领导权之后,其内部在不断"纯粹
化",左翼文学的"正统派"(以周扬等人为代表)对胡风、冯雪峰、
秦兆阳等左翼文学"非正统派"的批判,构成了"十七年"时期文
学的主要思潮;而在"文革"时期,以江青、姚文元为代表的左翼
文学"激进派"则更进一步,对周扬等"正统派"进行了激烈的批
判,占据了"文革"时期的文化领导权。而在"文革"结束之后,
左翼文学的"一体化"开始瓦解,新时期以后的文学呈现出"多元
化"的发展趋势。

洪子诚教授的描述与概括是富于创见的,他令人信服地解释了
"十七年文学""'文革'文学"与"新时期文学"之间的内在关系。

但是在这里，也存在一个问题，那就是他对"多元化"持一种乐观而较少分析的态度。事实上，当他遇到金庸小说等通俗文学作品时，却不能够像更年青的一代学者那么顺畅地接受。在这里，我们可以看到洪子诚教授所能够接受的"多元化"的限度——即"新文学"的边界。对于超出"新文学"边界的通俗小说与类型文学，他是难以接受的。

如果我们借鉴洪子诚教授的分析方法，而在一个更大的视野中考察，那么就可以发现，1980年代以后的"多元化"是在不同层面展开的：（1）首先是"左翼文学"内部的多元化，这表现在左翼文学"正统派"与"非正统派"的复出与共存，以及胡风、丁玲、孙犁、路翎、萧红等左翼文学"非正统派"作家、理论家重新得到了肯定性的评价；（2）其次是"新文学"内部的多元化，这包括巴金、老舍、曹禺以及沈从文、钱钟书、张爱玲等作家的重新研究与评价，以及创作界"寻根文学""先锋文学"等新思潮的风起云涌；（3）再次是超出"新文学"界限以外的"多元化"，这在文学研究上体现为严家炎、范伯群、孔庆东等学者对通俗小说的研究，而在创作上体现为金庸小说、琼瑶小说的流行，以及新世纪以来官场小说、科幻小说与网络文学中"穿越文学""奇幻文学"等类型文学的兴盛。

在这样一个整体性的框架中，我们可以发现，20世纪以来的文学史就是一个"新文学"建构、发展以及瓦解的过程。在这样一个过程中，"新文学"通过对"旧文学"（传统中国文学的文体与运行方式）的批判，通过语言文字的变革（文言文转为白话文），通过对"通俗文学"（黑幕小说、鸳鸯蝴蝶派小说等）的批判，建构起了"新文学"的历史主体性与文化领导权。在此之后，"新文学"内部形成了"为人生的文学""为艺术而艺术"等不同流派，在1920—1930年代，"左翼文学"通过对自由主义文学、民主主义文学、"为艺术而艺术"等不同艺术派别的论争与批判，确立了在文学界的主导地位。在 1940—1970 年代，左翼文学经历了上述洪子诚教授所说的"一体化"与"纯粹化"的过程。而在"新时期"以后，左翼文学的"一体化"逐渐瓦解，在 1940—1970 年代被压抑的自由主义文学、民主主义文学、"为艺术而艺术"等"新文学"内部的不同派别开始复兴与活跃。但是不久之后，"多元化"便突破了"新文学"的界限，被"新文学"压抑近一个世纪的通俗小说与类型文学卷土重来，在此后近 30 年的迅猛发展中，不仅以"畅销书"的形式占据了文学市场的大部分份额，而且以"网络文学"这一新兴的媒介，吸引了更多读者与研究者的目光。与此同时，延续了"新文学"传统的严肃文学或"纯文学"却处于越来越边缘化的处境。

　　如果我们认可这一分析框架，便会将"新文学"视为一个整体，视为一个动态的过程。但是在这里，我们需要强调我们与黄子平、陈平原、钱理群等《论"二十世纪中国文学"》、陈思和《中国新文学整体观》等 1980 年代著作的不同之处，这些著作虽然同样以 20世纪的整体视野考察中国文学，但是：（1）这些著作立足于 1980 年代的文学现实，所针对的主要是左翼文学"一体化"所造成的伤害，所强调的是文学的"现代化"，仍是在"新文学"内部讨论问题，而我们所要讨论的，则主要是"新文学"的内部一致性，及其共同的观念与体制前提；（2）这些著作中的"20 世纪"只是一个时间概念，而我们则强调"新文学"的动态过程，即我们将"新文学"视为一种体制的建构与瓦解的过程；（3）这些著作主要讨论的仍然是文学的主题、美感特征、语言现代化的进程等文学内部问题，而我们则更为重视"新文学"内部的互动关系，及其与思想、社会的互动关系。

　　如果我们从"新文学"当前遭遇的危机出发，将"新文学"视为一个整体，视为一个动态的过程，那么我们可以更多地关注与思考："新文学"在发生时何以能够取得主导权？"新文学"内部的不同流派、不同阶段是否存在内在的一致性？面对当前的危机，"新文学"是否有可能重新整合内部资源与思想传统，从而获得新的生机？——对这些问题的思考，可以让文学史研究与当下的文学评论贯通，为文学史研究打开一个新的视野与问题空间，同时在历史梳理中，我们也可以更清晰地把握当前文学的现状与发展趋向。

三、"新文学"：观念与前提

站在今天的立场上，我们很容易将"新文学"作为一个整体来看待，也会发现很多以前我们视为理所当然的观念并不是"自然"的，而是有很多条件与前提的，当这些条件与前提逐渐丧失的时候，我们才知道文学史上的某些争论虽然激烈，但争论的双方在实际上仍然分享着共同的前提。以周扬与胡风的争论为例，他们之间观点的分歧（及宗派纠纷）所造成的后果可谓酷烈，但是我们也可以看到，在整个 20 世纪文学史上，在文艺思想上，他们之间的共同之处远远大于他们的分歧，他们的争论是"左翼文学"内部不同派别的论争；再比如，1920 年代鲁迅与梁实秋围绕"阶级性与人性"所进行的论争，也可谓剑拔弩张，但他们仍分享着共同的前提，那就是无论在哪一方看来，文学都是一种严肃的精神事业，他们之间的论争仍是"新文学"内部的分歧。

那么在我们今天看来，"新文学"内部存在哪些一致性呢？如果将"新文学"作为一个整体来考察，以"新文学"建构之初所批判的"旧文学"与"通俗文学"，以及现在"新文学"瓦解之际所出现的类型文学与网络文学作为参照，我们可以试着总结一下"新文学"所共同分享的观念与体制前提。

（1）"新文学"将文学视为一种重要的精神或艺术上的事业。正如周作人在为文学研究会起草的宣言中所说，"将文艺当作高兴时的游戏或失意时的消遣的时候，现在已经过去了。我们相信文学是一种工作，而且又是于人生很切要的一种工作。""新文学"不是像通俗文学一样，要去迎合读者的阅读趣味，而意在通过艺术所具有的魅力与感染力，改变或提升读者对人生与世界的认识，在意识领域中引发读者对自我、世界或艺术自身的思考，从而扩展、丰富个人的审美体验，同时对自身的现实与精神处境有一种新的体认。正是在这个意义上，文学才是一种精神或艺术上的事业，而不仅仅是一个故事或讲述故事的方法，文学才是一种"高级文化"，而不是一种消遣或游戏，而在今天，文学则更多地充满了商业化、娱乐性与消费性的因素。

（2）"新文学"与中国社会、与现代中国人的经验及内心之间有着密切的联系，是"国民精神前进的灯火"（鲁迅）。新文学不仅记录了中国人生活方式与情感结构的变化，记录了中国人的"心灵史"，而且在整个20世纪，"新文学"直接参与了现代历史的构造，参与了现代中国人"灵魂"或内心世界的改造，创造了现代中国人的美学。"新文学"不仅容纳了现代中国最为重要的思想与艺术讨论，而且以其形象性，将知识分子的思考与普通民众的关切联系在一起，形成了一种动态平衡。这一平衡随着中国现代历史的发展而变化，并构成了中国现代历史的内在动力之一。

（3）"新文学"不仅在新文化中占据中心位置，而且在整个社会领域中也有着广泛的影响力。这主要表现在新文学所具有的"先锋性"与"公共性"。所谓"先锋性"是指文学在整体社会生活及思想文化界中所处的位置，即在社会与思想的转折与变化之中，文学是否能够"得风气之先"，是否能够对当代生活做出独特而深刻的观察与描述，是否能够提出值得重视的思想或精神命题，是否具有想象未来的能力与前瞻性。在这个意义上，从五四一直到1980年代，文学在整个社会与思想文化界一直处于"先锋"的位置。所谓"公共性"是指文学所可能产生影响的范围不限于私人领域，不是小圈子的互相欣赏，而是更为广泛的思想文化界及整个社会。"新文学"通过率先提出前沿议题，引导思想界与社会的走向，在整个社会的变革与发展中起到了重要的作用。

正是由于"新文学"具有这样的特性，在20世纪，"新文学"在中国社会及文化界具有一种特殊的重要性，也发展出了一种新的文学体制，如新中国成立后形成的以作协、文学期刊和出版社为中心的文学生产—流通—接受机制，以大学中文系与研究所为核心的文学教育、研究、传播机构，以文学批评、文学史、文学理论为基础的文学知识再生产模式，等等。这些新的文学体制既是"新文学"发展的制度或机制保证，也与"新文学"一起，构成了现代民族国家及其公共空间的一部分，并在其构建与发展的过程中起到了不可替代的作用。

同样由于"新文学"的特性，所以在20世纪的大部分时间，"新文学"相对于通俗文学具有绝对的优势，我们所说的"文学"，一般也都是在新文学的意义上来使用的。也是在这个意义上，"文学"才被视为一个民族的心灵史，作家才被视为时代的良心或"人类灵魂的工程师"。正如金庸说他永远无法与鲁迅相提并论一样，金庸的小说在娱乐性、大众性等方面非鲁迅能及，但是鲁迅文学作为一个民族的心灵史，对现代中国人灵魂刻画的深度、广度与高度，及其在中国现代文化史上的重要性，却远非金庸及鲁迅同时代的张恨水、还珠楼主等通俗文学大家所能企及。我想也正是在这个意义上，画家吴冠中才会认为"100个齐白石抵不上一个鲁迅"，他说，"在我看来，100个齐白石也抵不上一个鲁迅的社会功能，多个少个齐白石无所谓，但少了一个鲁迅，中国人的脊梁就少半截。"——在这里，鲁迅的重要性在于他是现代中国的"民族魂"，这也显示了"新文学"在文化界的中心位置——即相对于其他艺术与文化形式，文学可以更有力地表达和构建民族精神，当然这里的文学是"新文学"意义上的文学，我们很难想象，也很难寄希望于通俗文学可以承担这样的功能。

而我们今天所面临的问题主要在于，我们一方面袭用着"新文学"的精神遗产，另一方面却背叛了新文学的理想与立场，不断破坏着"新文学"存在的前提条件。

这主要表现在两个方面：一方面在整体的大文学格局中，类型文学、通俗文学、网络文学等占据了文学的大部分份额，这些文学样式以消费娱乐的功能取代了文学的思考认识功能，文学不再被视为一种重要的精神或艺术事业，而只是一种消遣或消费，而只是以想象远离了现实，以模式化的写作取代了真正的艺术创造，可以说在文学的整体格局上，现在又重新回到了"新文学"构建之前的文学生态；另一方面，仍延续了新文学传统的严肃文学或"纯文学"则趋于凝固保守，逐渐失去了与现代中国人经验与内心的有机联系，而且在新文学传统中形成的"文学共同体"——以文学为中心的作者、刊物、读者的密切联系——也趋于瓦解之中。正是在这个意义上，我们认为"新文学的终结"是我们正在经历的过程。

从五四到1980年代的中国文学，尽管有可以鲜明区分的不同阶段，以及不同思想、政治、艺术派别的争论、批判甚至运动，但无论是"为艺术而艺术""为人生的文学"，或者"工农兵文学"，在将文学作为一种精神与艺术事业上，却是一致的。而这样的文学理想或文学观念，在今天却面临着巨大的危机，这可以说是我们这个时代文学所面临的最大挑战。

四、"新文学"的动力与运作机制

"新文学"在今天所遭遇的危机是全面的，这主要包括两个方面：一个是文学的基本观念，另一个是文学的运行机制。在今天，这两方面都受到了颠覆性的挑战。相对于文学基本观念，文学运行机制的变化更不易察觉，我们在这里重点考察一下。

在我们今天看来，"新文学"形成了一种特殊的运行机制，即：（1）文学的运行方式主要以文艺思潮的方式推进；（2）文艺思潮的形成主要以不同思想艺术流派的斗争、争鸣、批判等方式体现出来；（3）在不断的文学思潮的变化中，不同时期的文学之间有较大的差异，形成了一个个"断裂"。

自五四以来，中国文学主要以文艺思潮的方式推进，"新文学"是在对"旧文学"与通俗文学的批判中建立起来的，此后1930年代左翼文学批判新月派、"第三种人"，也有"京派"与"海派"的论争，1940年代解放区文学建立在对左翼文学及其他流派的批评与超越之上，"十七年文学"充满了社会主义文学内部的批判与运动，"'文革'文学"则以更加激进的批判方式推进，1980年代文学也充满了不同思想艺术流派的斗争。但是自1990年代以来，我们可以发现，"文艺思潮"在文学界的影响渐渐趋于式微，文学在很大程度上不再以文艺思潮的方式推进。在新世纪的今天，我们可以更加清晰地看出，我们很少看到具有广泛影响力的"文艺思潮"，也很少看到不同思想艺术流派之间的斗争、争鸣与批判，而不同时期的文学——1980年代文学、1990年代文学、新世纪文学——之间也较少"断裂"，更多的则是思想与美学上的"传承"与"延续"。

那么，新世纪以来的文学主要以什么样的方式来运行呢？如果我们将讨论的范围限制在以文学期刊为核心的"纯文学"内部，便可以发现，即使在这一严肃文学领域之中，文艺思潮之间的争论也越来越少，取而代之的是一种貌似更加自然的方式——以代际划分的"60后""70后""80后"，这样的年龄划分已经成为文学界最为重要的区分方式。虽然30年来中国社会发生了剧烈变化，以年龄相区分具有一定的合理性，但我们也可以看到，在中国现当代文学史上，年龄的因素从未被强调成现在这样的程度。在1980年代，我们可以看到"伤痕文学""知青文学""改革文学""先锋文学"等不同的文学思潮与流派，而在1990年代之后，我们几乎很少再看到以不同的思想艺术追求命名的文学流派。这一状况的益处在于，整体文艺环境进一步宽松，具有独特追求的作家"个人"更加得到彰显，而其不足之处则在于：文艺界由于缺乏思想的交流、交融与交锋，整体上趋于保守与僵化；形成了一种"稳定"的文学秩序与美学观念，只有符合某些特定美学观念的创作才能为文学界所接纳，很难出现有创造性的"新人"；新进作家逐渐失去了一种开阔的历史与思想视野，也失去了发现新经验、创造新美学的动力，很难形成真正属于自己的独特的思想艺术观。

　　在以往的文学史研究中，我们对不同文艺思想派别之间的论争，以及不同时期文学之间的"断裂"较多注意，但却较少分析产生这些论争与断裂的前提，而在新世纪以来的现在，我们可以更清醒地意识到那些论争与断裂之所以产生，是因为存在着不可忽略的重要条件，这主要包括：（1）文学与社会现实、思想界论争有着密切的联系，并在其中可以起到重要作用，文学不仅仅是"文学"，而是表达思想情感的重要方式，是人们精神生活的主要形式之一；（2）争论的双方都是严肃认真的，有的将文学作为追求真理的一种方式，有的甚至将捍卫某个文学观点与个人的生死存亡联系在一起；（3）文学的"断裂"与历史的"断裂"紧密相连，并构成了历史"断裂"的重要组成部分。在这个意义上，我们可以理解文学史上某些论争为什么会出现偏激的言论与严酷的事件，也可以理解文学问题为什么会成为一个时代最为核心的思想问题乃至政治问题。或者说，正是对社会现实与思想、政治问题的关切，才促成了"新文学"的诞生，以及以思想论争的方式发展与推进的运行机制。当我们在今天重新思考"新文学"传统的时候，应该注意到这些前提，而不是以"后见之明"对文学史做出简单的臧否，如同现在不少研究者所做的那样，这在"十七年文学"研究领域尤为突出。

王晓明在《一份杂志和一个"社团"——重评五四文学传统》一文中指出，"如果我们换一个角度，不但注意到五四那一代作家的创作，更注意到五四时期的报纸杂志和文学社团，注意到它们所共同构成的那个社会的文学机制，注意到这个机制所造就的一系列无形的文学规范，譬如那种轻视文学自身特点和价值的观念，那种文学应该有主流、有中心的观念，那种文学进程是可以设计和制造的观念，那种集体的文学目标高于个人的文学梦想的观念……如果把这一切都看成五四文学传统的组成部分，而且是非常重要的组成部分，我们对三十年代中期以后文学大转变的内在原因，是不是就能有一些新的解释呢？"

在这里，王晓明敏锐地意识到了"文学机制"的重要性，但对五四文学传统的"文学机制"有着批判性的意见。在我们今天看来，有以下几点是应该重新思考的：（1）正是这一机制生产出了"五四文学"，我们不能轻易否定；（2）这一机制的重要作用，在于将文学与社会、思想乃至世界有机地结合在了一起；（3）当失去这一机制的时候，文学的发展也就陷入了停滞与保守，停滞是由于思想论争的缺失导致文学丧失了活力，保守是由于文学观念仅停留于停滞之时，而不能再与新时代的新经验发生碰撞与交流，在现实中发展出新的美学。王晓明对"五四文学传统"中负面因素（那种文学进程是可以设计和制造的观念，那种集体的文学目标高于个人的文学梦想的观念等）的批评十分犀利，也是我们反思新文学传统时应该汲取的教训，但是另一方面，当我们谈论"文学自身""个人的文学梦想"之时，仍是在"新文学"的内部——即"新文学"的基本观念与运行机制的基础上——来讨论的。当我们的时代远离"新文学"，不再将文学作为一项重要的精神或艺术事业时，也就无所谓"文学的梦想"了。

在这个意义上，"新文学"的运作机制中虽然存在种种尚待深入认识的弊端与教训，但以思想论争建立起文学与时代、思想、世界的密切联系，这一基本的运作方式却是值得我们借鉴与珍视的。只有在这一运作方式中，文学才能够获得活力，才有持续发展的动力。

五、"新文学终结"之后，会怎样？

可以说，我们正在经历"新文学"逐渐瓦解的过程，但是新文学尚未真正终结，那么我们可以设想一下："新文学终结"之后，会发生什么状况呢？

我想大体可以包括以下几个方面：（1）对于文学界来说，严肃文学越来越少受到人们关注，而通俗文学、类型文学则大行其道，文学界的生态将会重新返回"新文学"建构之前的状态，文学的功能将更多地转为消遣与娱乐，文学在整个社会领域中的位置越来越边缘；（2）相应地，文学研究机构及生产机构（如作协、出版社、大学中文系等）在整个社会领域中的位置也会越来越边缘，文学研究不再与社会、思想互动，而只成为一种专业研究领域；（3）对于整个社会来说，也将失去文学这一思想空间与公共空间。

在《日本现代文学的起源》的中文版序言中，柄谷行人说，"我写作此书是在1970年代后期，后来才注意到那个时候日本的'现代文学'正在走向末路，换句话说，赋予文学以深刻意义的时代就要过去了。在目前的日本社会状况之下，我大概不会来写这样一本书的。如今，已经没有必要刻意批判这个'现代文学'了，因为人们几乎不再对文学抱以特别的关切。这种情况并非日本所特有，我想中国也是一样吧：文学似乎已经失去了昔日的那种特权地位。不过，我们也不必为此而担忧，我觉得正是在这样的时刻，文学的存在根据将受到质疑，同时文学也会展示出其固有的力量。"柄谷行人所否定的是僵化的"现代文学"，"这个现代文学已经丧失了其否定性的破坏力量，成了国家钦定教科书中选定的教材，这无疑已是文学的僵尸了。"可以说，在今天我们所经历的是与日本1970年代相似的状况，他试图将"现代文学"及其认识装置"问题化"，从而使文学"展示其固有的力量"。但在我看来，当我们意识到"新文学"正在瓦解之时，我们更有必要从整体上分析其基本观念、运行机制，以把握未来的变化。

在中国数千年的历史中，传统文学从来没有像20世纪"新文学"这么重要，在经史子集的知识秩序中，文人的诗文集被排在最后，小说、戏曲更被视为卑下的文体，"新文学"将小说、戏剧、诗歌、散文提高到前所未有的位置，并赋予了其"新文化"的使命，在20世纪的启蒙、救亡以及精神构建中起到了重要的作用，这也是文学与作家被人尊重的原因。如果我们将"新文学"视为中国文学发展中的一种特殊与例外，而现在的文学状况是一种"常态"，那么也必须同时接受"卑下"的命运。

而在现实的生活中，我们也可以发现，当文学不再被当作一种精神事业，不再与时代、思想、世界相联系的时候，很多优秀的文学从业者与文学读者，也转身离开了文学。而当这一状况更加恶化时，"新文学的终结"就真的到来了。当然"新文学终结"之后，也可能会出现零星的文学天才，但他们的处境无疑会更加艰难。而大多数的文学从业者将会在生产—消费的资本逻辑中疲于奔命，"不仅收入得不到保障，很多年轻网络作家甚至因为熬夜写作、劳累过度而猝死"，这样的新闻已不止一次出现在报端。在这里，文学与作家都被纳入了资本主义生产逻辑之中，文学成了消费品，作家则成了文字劳工。

　　当然，"新文学"还有另外一种终结的方式，也是一种理想的方式，那就是在维持"新文学"基本前提与运行机制的基础上，重建一种新型的文学与时代的关系，在变化了的中国与世界之中，发展出一种新世纪的"新文学"：一种新的世界与中国的想象，一种新的美学，一种新的文学运行机制。虽然在现实中，对这种可能性我们没有理由乐观，但无疑这是"新文学"最好的道路，或结局。

六、小结

　　本文从新世纪以来文学遭遇的危机出发，研究了"新文学的终结"对当前文学创作与研究所可能产生的影响，通过上述分析，我们大体可以明确以下看法：

　　（1）当前文学所遭遇的危机，并非某个具体问题的危机，也并非短时期的危机，而是一种总体性危机，这一危机可以命名为"新文学的终结"。

　　（2）在这一视野下，我们可以将1919—1989年的文学视为一个整体（"新文学"），将20世纪中国文学视为"新文学"建构、发展以及瓦解的过程。

　　（3）在此基础上，我们总结出了"新文学"的基本观念及其前提："新文学"将文学视为一种重要的精神或艺术上的事业；"新文学"与现代中国人的经验及内心之间有着密切的联系；"新文学"不仅在新文化中占据中心位置，而且在整个社会领域中也有着广泛的影响力。

　　（4）我们也分析了"新文学"运行机制的基本特征：以思想论争与文学革命建立起文学与时代、思想、世界的密切联系，并以其先锋性开拓新的精神空间。

（5）最后我们探讨了"新文学终结"所可能带来的两种可能：新文学终结之后，文学的生态彻底返回到五四之前；发展出一种新世纪的"新文学"。

在近一个世纪的时间内，中国的"新文学"伴随中国走过了最为艰难险阻的道路，从启蒙到救亡，从"为艺术而艺术"到"为工农兵服务"，众说纷纭，风云变幻，中间经历了那么多波折与苦难，可以说"新文学"记录下了中华民族的"心灵史"，开拓了20世纪中国人的精神空间，也为我们奉献出了最为优秀的作家和作品。而今，"新文学"自诞生尚不到100年，已经处于逐渐瓦解之中，当我们想到五四先贤的热血，不免感到惭愧与沧桑。但愿"新文学"能够顺利走过100年，也希望"新文学"的精神永存于世。

新小资的"底层化"与文化领导权问题

在新版《波动》的序言中，李陀指出，"文化领导权在很大程度上已经转移到新兴小资产阶级的手中。这个文化领导权的转移带来一个不可避免的后果，就是中国当代文化的小资特征越来越鲜明，越来越浓厚，如果我们还不能断定这种文化已经是一种成熟的新型的小资产阶级的文化，那么，它起码也是一个正在迅速成长中的小资产阶级文化。更让人惊异的是，它一点不保守，不自制，还主动向其他各种文化趋势和思想倾向发起了一波又一波的攻势，扩大自己的影响，巩固自己的阵地，充满自信。"李陀对"小资"问题的观察是敏锐的，为我们理解当代中国文化提供了一个新的视角。在这里，我想讨论的问题是：新小资是否掌握了"文化领导权"，或者掌握了什么样的"文化领导权"？"小资"在当前社会结构中处于什么样的位置，小资文化具有什么样的特色？在未来中国文化的发展中，"小资"将会起到怎样的作用？

"小资"在中国当代文化的发展中发挥了重要作用，如李陀所说，"九十年代以来的中国文化发生了急剧的变化，即使说瞬息万变也绝不过分，但是如果我们追问，谁是这急剧变化的真正推手？在具体地重新绘制中国当代文化地图的时候，谁是具体的绘图员？

还有，种种文化上新观念、新规则、新做法谁又是最早的创导者和实行者？面对这样的追问，我想凡是熟悉近年文化的变动和变迁，并且对幕前和幕后都有一定观察的人，答案恐怕是一样的——这些推手、绘图员和创导者、实行者，不是别人，正是当代的新小资们，特别是新小资中的精英们。"小资"的重要作用，不仅在于他们占据了各文化路口的要津，而且在于他们以自己的世界观与价值观在改变中国文化的面貌。

但我们也可以看到，"小资"所掌握的文化领导权是"有限"的，是在国家与资本所决定的缝隙中的有限空间中发挥作用。另一方面，"小资"并没有形成一种独立的价值观念，或者说"小资"所倡导的生活方式与生活理念并不具有独立性，所谓"有房有车"的生活，以及有格调、有"个性"的生活方式，在很大程度上复制了当前社会的"新意识形态"——所谓"成功人士"的逻辑。在这个意义上，我们可以说，"小资"所拥有的文化领导权只是"实行者"，他们所表现出来的核心价值观并不能代表多数人的利益，甚至不能代表他们自身的利益，而只是"成功者"光环的装饰。

最值得重视的是，在当今社会两极化发展的趋势下，"小资"也正在"底层"化，在整体社会结构"断裂"的状态中，置身于社会上层与底层民众之间的"小资"并不具有稳固的社会地位，而处于分化之中。正如廉思主编的《蚁族》《工蜂》两本书所显示的，不仅大学毕业生——这一精英群体的后备军处于"底层"化的过程中，而且大学青年教师——掌握了文化领导权的"小资"的重要组成部分——也处于越来越困窘的生活状态：不仅他们在社会结构中的位置越来越边缘化，而在学院内部严格的学术体制与科层管理中，他们也处于真正的"底层"。在这样的状况下，大部分人只能在既定的学术规范中亦步亦趋，而不能真正发挥个人的活力与创造力，也不能真正形成属于自己的思想。如此，不仅"独立之精神，自由之思想"无法奢望，更可悲的是，很多青年知识分子也失去了"超越性"，而只能囿于个人利益的保障与争夺，不是他们改变了弥漫于整个社会的权力崇拜、拜金主义与市侩主义，而是这些将他们裹挟其中，构成了社会秩序与社会风气的一部分。在当今知识分子题材的小说中，我们可以清楚地看到，构成故事主要冲突的也只是权力、地位、金钱与女人之争，与社会上流行的官场小说、职场小说无异。在其中，我们很少看到对民族国家命运的忧患与思考（如鲁迅的小说），或者对知识与真理的执着追求（如巴金的小说），或者思想的辩论与真正灵魂的痛苦（如陀思妥耶夫斯基的小说）。在这里，知识只成了一种特殊的商品或资本，只是一种谋生的手段，而失去了其超越性与独立性。

造成这一现象的原因，既有社会层面的原因，也有知识分子群体内部的原因，两者互相纠缠在一起。就社会层面来说，30 年来知识分子在中国社会的地位发生了天翻地覆的变化，在 1980 年代新启蒙主义的视野中，知识分子作为历史主体主导着社会历史的进程，但这只不过是一种幻觉，新启蒙思潮只是知识精英与政治精英的共谋，很快二者就分道扬镳了。1990 年代之后，在市场经济强劲启动后，一方面知识精英与政治精英、资本精英形成了联盟，即所谓"铁三角"，此时资本已不需要知识的论证与支持而获得了自身的合法性，因而在这一联盟中知识群体处于明显的弱势；另一方面，在市场经济的逻辑中，"知识"本身也是一种可以生产与消费的产品，不再是不可替代的独特之物，而"知识分子"也是可以生产或大批量制造出来的，在这个意义上，知识分子的主体性与独立性便大幅削弱了。——这是知识分子在社会结构中逐渐边缘化的根本原因之所在。同时，在知识分子内部也发生了巨大的变化，不同学科之间的地位或重要性发生了变换，一个典型的例子是经济学的崛起与文学的衰落，相对于自然科学、社会科学，人文学科因其

"无用",在这个时代处于少人问津的状态。另一个重要的结构性变化是,即使在人文学科内部也发生了巨大的分化,这一分化与社会其他领域变化的趋势相似,那就是一方面各种社会资源向少数精英集中,另一方面形成了严格的等级制或科层制,在知识精英与"知识底层"之间形成了一道道鸿沟。对于一个青年知识分子来说,攀上知识等级制上"精英"的位置,既是一个巨大的诱惑,又是一个几乎不可能完成的任务:等级制本身的保守性与封闭性排斥创新,它所需要的只是"好学生",而知识只有在不断的创新——提出新的问题、新的思考方式、新的学术"范式"——中才能发展,但是创新本身便是对等级制的一种冒犯。在这样的状况下,置身于学术体制底层的青年知识分子——那些"蚁族"或"工蜂"们——便不仅处于一种多重性的压迫结构之中,而且处于巨大的内心矛盾与撕裂之中。

在这样的意义上,构成"小资"主体的青年知识分子在整个社会中并不拥有强大的话语权,他们身上的光芒只是精英群体话语权的投射,如同月亮反射的只是阳光一样。但这只是相对而言的,一方面相对于社会结构中的真正"底层"——那些沉默的工人、农民与农民工——而言,他们处于社会结构的中层,拥有一定的话语权与主体性,另一方面,作为拥有特殊技能的社会群体,他们既是精英群体需要的,也是整个社会机构运转所不可或缺的部分。事实上,正如李陀在文章中所分析的那样,"小资"在1990年代以来的文化中发挥了不可替代的作用,他们创造了我们这个时代的流行观念,以及特定的生活方式与审美趣味。但"小资"及其文化如果能够在中国文化乃至中国社会上发挥更大的作用,尚需要考虑以下问题。

首先,是对"小资"在社会结构中的位置及其"底层"化的趋势有一个清醒的认识。如同其他社会阶层一样,"小资"总是以自己的眼光观察世界，建立在个人奋斗基础上的"成功者"逻辑，以及建立在人性、人道主义基础上的"爱"的哲学，构成了"小资"们理解世界的特定视角。如果抽象地看，"个人奋斗"与"人间大爱"并无可非议之处，在现实中也起到了一定的作用，但如果放在具体的社会历史语境中，我们就可以看到，在社会结构"断裂"的当今时代，"个人奋斗"的基础及其可能性都是极为有限的；而"人间大爱"如果是在对劳动者大量剥夺之后的少量馈赠，同时塑造出馈赠者的高尚形象，其有效性也是值得反思的。"小资"文化过滤掉严酷的现实，为我们描绘出一个朦胧的玫瑰色的美梦，但这个梦正如一个肥皂泡，很容易破灭。当"小资"也面临"底层化"的现实遭遇时，对于"小资"来说，更为重要的是能够清醒地意识到现实中的处境。只有在此基础上，才能重构一个真实的世界，才能在改变个人的同时改变世界。在这里值得关注的是，"小资"与底层的关系问题，我们可以看到，尽管"小资"已经处于底层化的过程中，但"小资"并不认同于"底层"的身份。由于普遍受过高等教育，拥有独特的生活品位与审美趣味，"小资"在自我意识中对自我有着较高的定位，更认同于精英阶层与精英文化，但是当一个大学毕业生的工资甚至无法达到一个熟练技术工人的工资时，这样的"自我意识"便如同流沙之上的海市蜃楼，只能是美丽而虚幻的。只有当"小资"更为真切地意识到现实处境，并将眼光由上而下转到底层时，他们才会认识到，"底层"并非精英文化视野下的愚昧无知者，他们有着独特的生活逻辑和另一种"文化"，不仅如此，正是在他们之间才蕴含着社会发展的真正动力，"小资"只有将他们的命运与底层的命运联系在一起，才能真正把握自己的命运，走向一条更为开阔的道路，也才能够真正摆脱"新意识形态"的笼罩，发展出真正属于自己的文化与美学。

其次，要对"小资"的特性及其历史演变有更为深刻的把握。

李陀在文章中以《波动》中的主人公肖凌作为"小资"的代表加以分析,"读者不难发现她和当代小资有很多相通之处:《月光奏鸣曲》,洛尔迦的诗歌,雪白的连衣裙,还有红茶和葡萄酒——这一类符号,恐怕今天也还是小资们共同认可,并藉以识别彼此是不是同类的重要标记。"我们可以看到,"小资"不仅仅是社会经济地位的一种表现,而且是一种性格与趣味,是一种"符号"的标示。在1990年代文化塑造出的"小资"中,读张爱玲或村上春树是一种"符号",听摇滚或看艺术电影也是一种"符号",在这类符号中,我们可以看到"小资"的特点在于他们内在的矛盾与悖论,他们是反主流的主流,反时尚的时尚,反另类的另类。一方面他们离不开主流、时尚与另类,这是他们生活方式与审美趣味的参照系,另一方面他们总是以反主流、时尚、另类的面目出现,与主流、时尚、另类保持着一定的距离。这一距离既使他们处于不同流俗的前卫位置,另一方面也引导着主流、时尚与另类不断发生新的变化。在这里,我们可以看到,"小资"文化的两个特性,一是"创新性",二是"符号化"。前者使小资文化总是能引时代风气之先,不断引导着时代潮流发展,而后者则使小资文化浅表化,他们并不追求对某种文化的深入理解,而只是将之抽象为特定的符号,在这个意义上,小资文化也具有消费主义文化的特征,或者说小资文化构成了消费主义文化的重要组成部分,在这样的视野中,张爱玲也好钱钟书也好,王小波也好村上春树也好,也都是作为某种符号被他们用来标示自身。而在某些特定的历史时期,这一符号也可以是"启蒙"(如五四时期),也可以是"革命"(如《青春之歌》中的林道静),也可以是"诗歌"(如1980年代)。在这样的视野中,我们可以看到,"小资文化"是精英文化与大众文化之间的一种中介,精英文化由于其艰深晦涩很难为普通大众接受,只有抽象为某些符号,才能在社会上广泛传播,"小资文化"在这个层面上恰恰发挥重要的作用。

再次，我们也可以在上述意义上来理解"小资"所拥有的文化领导权，即他们或许并没有原创性的文化创造力，但是在文化传播的意义上却具有将某种文化"简化"为流行文化的能力。正是因此，小资文化注定要成为不同文化竞逐的对象。在当今这个时代，在小资文化中占据主流的是"自由主义"及其价值理念，但并非从来如此，我们可以做一个对比，在革命文化成为流行文化的时候，在小资中流行的是《牛虻》《钢铁是怎样炼成的》，这几乎构成了几代人的共同记忆。当张爱玲或村上春树成为这个时代最为流行的读物的时候，我们可以看到，小资文化已经发生了天翻地覆的变化。但是正如我们前面所分析的，当"小资"逐渐底层化的时候，他们会对自己的现实处境有越来越清醒的认识，他们也会将这一认识带入到他们对当代文化的理解之中，在与底层的接触中形成新的"小资文化"，而这样的文化必定会为当代文化带来新的气象。事实上，这样的文化也正在形成之中，对格瓦拉的符号化可以说是一个典型的例子。在这一过程中，格瓦拉作为古巴革命领袖的具体史实被过滤，他成了反抗当今世界秩序的一种时尚象征，他头戴贝雷帽抽着雪茄的巨幅头像，既是"革命"的象征，又是那么"酷"。虽然对于小资文化的"符号化"我们不能寄予过高的期望，但时尚的转变也预示着时代的巨大变化。在社会价值观处于混乱状态的今天，"小资"或许会通过自己的文化选择为我们这个社会提供一副黏合剂，让我们更加清醒地认识自己和这个世界，让我们这个社会形成一种新的核心价值观。在这方面，"小资"及其文化发挥着不可替代的重要作用，也在某种程度上行使着"文化领导权"，我们也期待着充满活力的"小资"能够为中国当代文化带来更多新的因素，能够为我们构造出一个新的更加美丽的世界图景。

（《南方文坛》2013 年第 1 期）

秦兆阳：现实主义的"边界"

何启治在《是是非非说"寓言"》[①]一文中，讲述了《当代》杂志未能刊发张炜的长篇小说《九月寓言》的幕后故事：时任《当代》副主编的何启治与青年编辑洪清波都主张刊发，但由于主编秦兆阳的反对意见，这部小说没有能够在《当代》发出。而当这部小说不久在《收获》杂志1992年第2期上发表后，却很快就获得了文学界的广泛认可，并获得了第二届"上海中长篇小说优秀作品大奖"的一等奖。这一事实，让一般人都会对秦兆阳产生"保守"的印象，而这一印象又与他在1950年代发表《现实主义——广阔的道路》所形成的"开明"形象产生了极大的反差。

那么，我们应如何认识秦兆阳的文艺思想？从50年代到90年代，他的文艺思想是否发生了大的变化，为什么从"开明"变为了"保守"呢？我们该如何理解秦兆阳的"现实主义"，进而在一般的意义上，我们该如何认识"现实主义"在当代中国的命运，以及它所承担的责任？

---

① 何启治：《是是非非说"寓言"》，《上海文学》2005年第7期。

一、《九月寓言》与"现代主义"

首先我们应该认识到，秦兆阳之所以反对刊发《九月寓言》，并非出于私心或其他个人原因，而是由于这部小说与他的文艺理想不符；他漏掉《九月寓言》固然可惜，但同时，与他1950年代在《人民文学》、1970—1990年代在《当代》对中国文学界所做出的总体贡献相比，这一"失误"至少是可以原谅的。所以我们关注这一事件的重心，不应过多纠缠于个人的责任，而应该从总体上反思，究竟是什么造成了这一"悲剧"。在其背后，在社会与文艺思潮上发生了怎么样的转变，这一转变在"新时期"以来，或者说在"新文学"发生以来，具有怎样的价值与意义，而对我们今天又有着怎样的启示？

在何启治所保留的信中，记下了秦兆阳关于《九月寓言》的十条意见，其中代表性的有："这种'寓言'中的生活状态跟解放后实际的现实情况是绝对矛盾的。""作者这样做的目的当然是要表现农民的'原始生命力'……这是不是有意无意之间透露了作者对解放后农村历史的片面认识。""这种描写（强调农民的'苦中乐'）看似歌颂了农民的乐观精神，其实是抹煞了农民要求出路的阶级本性；更重要的是抹煞了有组织有领导的理性作用的必要性，以及由此而来的生活的真实性。""总之，作品的问题在于：寓言的虚构与生活真实的矛盾；从哲学上讲则是'抽象人性论''人命意识论'与历史唯物主义的矛盾；从政治思想上讲则是偏颇思想认识的表现。""最后村子沉沦，寓意何在？""凡是寓言，所寓之意皆是来自生活（受到生活启示）并且针对生活，否则就不需要写作寓言，至于所寓之意是否正确则是另一回事。""读作品必须分析其内在逻辑性——包括生活内容的逻辑性、作者思想的逻辑性、艺术结构和情节的逻辑性。""《红高粱》不是寓言，是浪漫主义意味的小说，没有'寓言何在'及'影射'的问题。""寓言——这种艺术的特点也值得研究。……《九月》在假托性和寓意性两方面经不住审视和思索。""解放以后的农村情况，是很复杂的，需要慎重研究的问题。"①

在这里，我们可以看到秦兆阳的批评意见主要集中在三个方面，首先是对小说描写的"生活"及其"真实性"表示怀疑，尤其与"解放以后的农村实际情况"对比，认为小说表现得不真实；其次，在于小说所体现出的"片面认识""偏颇思想"，他认为小说中的"抽象人性论""人命意识论"，抹杀了农民要求出路的阶级本性以及"有组织有领导的理性作用的必要性"；再次，是他对小说采用"寓言"这一艺术形式不满，他认为这部小说所寓之意是"针对生活"的，并且在假托性和寓意性两方面都不成功。

我们可以看出，秦兆阳评价小说的标准是"现实主义"的，而且这种现实主义是一种"有倾向的现实主义"，或者说是一种（非典型或个人化的）"社会主义现实主义"，这种现实主义要求生活的真实与思想上的"倾向性"相结合，既要求日常生活细节的真实，也要求在总体上与"实际情况"相符合，并要探索未来的"出路"。从这些基本的层面来看，秦兆阳90年代与50年代的文艺思想并无太大的差异，所不同的只是现实语境发生了巨大的变化，因而他的命运与"形象"也大不相同。在50年代他被批评为"修正主义"（因此而被打成"右派"），新时期初期被视为文学界"思想解放"的先行者，而在90年代则成了"落后""保守"的一种表现。

在这里，可以说涉及两次"转型"。一次是新时期之初的"转

① 何启治：《是是非非说"寓言"》，《上海文学》2005 年第 7 期。

型","文革"结束后，左翼文学①的"激进派"失败，在十七年时期被批判过的左翼"主流派"与各种"非主流派"②重新获得了合法性与话语权，于是 50 年代被批判为"修正主义"的秦兆阳，也获得了新的生命力。但很快他们又迎来了另一个"转型"。如果说前一个转型是在左翼文学内部，或者说是在"现实主义"内部发生的，那么新的转型则涉及的范围更广，它不仅对左翼文学本身构成了挑战，也对"现实主义"这一创作方法本身构成了一种挑战，从根本上否定了这一文学范式的追求与方向，而以一种新的范式取而代之。这主要包括：强调文学的精英化，而否定文学的"大众化"倾向；强调文学的"独立性"，而否定它与政治的联系；强调文学的形式、语言、叙述、技巧等因素，否定"内容"的重要性；强调文学"走向世界"的方向，而否定"民族形式"等方面的探索，等等。

这一转型在 80 年代初即已初露端倪，而在 1985 年左右形成了真正的转折，对于徐星、刘索拉、马原、莫言等人作品的赞扬与批评，以及随后"先锋文学""寻根文学"的风行，可以说构成了一种分水岭。而《九月寓言》的出现以及秦兆阳的反对意见，可以说是一种迟到的"交锋"。对于秦兆阳来说，他的尴尬之处在于，他是在以旧的文学范式或评价标准来评价新"范式"中出现的作品，虽然他的初衷与文艺理想不无合理之处（下面我们将展开论述），但在特定的历史时期，他则不免成了一种"落后"或"可笑"的形象。而这不仅是个人的悲剧，也是时代转型所带来的一种"思想"

---

① 此处的"左翼文学"，是一种广义的用法，不仅仅指 20 世纪二三十年代的"革命文学"，也包括"解放区文学""十七年文学"及"'文革'文学"在内。参见洪子诚《问题与方法》的相关论述。

② 在这里，我们将"文革"时期占据主流的文艺思潮称为"激进派"，将十七年时期主导文艺界的周扬等人的文艺思想称为"主流派"，而将十七年时期受到批判的胡风、冯雪峰、秦兆阳等人的文艺思想称为"非主流派"。

的悲剧；这一状况不仅发生在他个人身上，也广泛地存在于那一代文学工作者中。

如果我们将洪清波、何启治的"审读意见"与秦兆阳的信相比，就能更清楚地看到他们在评价标准上的差异。洪清波认为，"作为一部难以言尽的小说，作品的题旨大致有两个层次上的意义。第一层次：作品生动、真实地展示了农民的日常生活，籍以热情歌颂了中国农民勤劳勇敢、坚忍不拔的本质，同时也不回避由于中国农村长期落后，导致农民不可能有更高更广阔的精神境界这一事实。所以在他们的乐天知命、随遇而安之中又带有浓厚的愚昧、麻木色彩。……第二层：作品通过具象的生活，表现了中国农民的生存方式和生活状态。我们从那些艰难甚至是卑微的农民日常生活中，感受到农民身上潜在的那种旺盛的生命力。……在这个形而上层次中，我们会有许多惊心动魄的感觉……除此之外，我们在这一层次中还可以感受到作者关于农村、农民、人类的许多哲学思考，艺术感悟，作者可能是第一个把中国农民的本质上升到文化学、人类学高度来认识的当代作家。……作品的艺术氛围深沉、神秘、怪诞，但显而易见这些都是来源于作者对生活的感情而不是图解某种理念，所以让人们感到扎实、真实、内在。这一切就决定了这部作品是介于传统和现代之间，也可以说是将二者统一起来的成功尝试。"①

何启治则认为，"我总的印象是，这是一部严肃而独特的、富有艺术个性的佳作，是一部深沉厚重的大作品。……小说深深植根于生活的土壤，它的细节、情节、人物甚至是某种神秘色彩都直接来源于张炜所熟悉的胶东农村生活。……小说在创作方法上离传统的现实主义越来越远，而在更大的程度上属于现代主义，即不靠情节的推进来反映生活，也不着力于艺术形象的塑造，而是在幽默、

① 何启治：《是是非非说"寓言"》，《上海文学》2005 年第 7 期。

机智的调侃中创造一种庄严、沉重以至怪诞、神秘的艺术氛围，从而对现实生活作出更深层次的反映并寄托作者的精神理想。……（与《古船》相比）而'九月'却太雅了，更艺术了，更富有浪漫主义的想象力也更形而上了，它需要智力和文化素养更高的读者更冷静地去思索，更理智地去分析，才能感受到它那像深层地震或地下核试验那样的震撼力。"①

从中我们可以看到，他们与秦兆阳的分歧主要集中在以下方面：第一，他们都认为小说对农民日常生活的描写是真实、生动的，而秦兆阳则认为并不如此，这虽然涉及具体的"细节"，而更集中于对"农村实际情况"的整体理解与判断；第二，他们都对小说中的现代主义表示了肯定与赞扬，这包括"形而上"、文化学、人类学、"更深层次的反映"的探索，以及对艺术上神秘、怪诞的色彩，"不靠情节的推进来反映生活，也不着力于艺术形象的塑造"等方面的肯定，而秦兆阳则对此持批评的态度；第三，他们对作品的"精英化"倾向加以肯定或宽容，强调作品相对于生活或政治的独立性与超越性，而秦兆阳对此则是反对的。

如果仅仅从"现实主义"的视角来看，《九月寓言》并不是一部成功的作品，只有在"现代主义"的视野中，或至少对现代主义持宽容的态度，才有可能对《九月寓言》有较高的评价，由此我们可以认识到秦兆阳"现实主义"的局限性。事实上，此后对《九月寓言》的好评，都不是从"现实主义"出发的，而另有各不相同的角度。比如陈思和在《中国当代文学史教程》中肯定《九月寓言》是"在民间大地上寻求理想"，"通过对大地之母的衷心赞美和徜徉在民间生活之流的纯美态度，表达出一种与生活大地血脉相通的、因而是元气充沛的文化精神"，在这个意义上，他认为这部作品

---

① 何启治：《是是非非说"寓言"》，《上海文学》2005年第7期。

"可以说是 20 世纪中国文学的殿军之作"。^①洪子诚在《中国当代文学史》中指出，"《古船》和《九月寓言》，是张炜最重要的两部长篇。……《九月寓言》正如题目所称的，有浓重的寓言色彩，作品偏离此前基本的写实风格，代之以具有浓厚的抒情色彩和哲理内涵的'诗化'叙述方式；从《古船》到《九月寓言》，'是张炜从感性到理性的道路'。这种从对现实的思索出发，来建构寓言、象征世界的方式，在他后来一系列长篇……中继续有程度不同的体现。"^②尽管角度不同，但他们对《九月寓言》及其"偏离写实风格"的倾向是持赞扬或肯定态度的，而这也可以视为这一时期文学史家的一种"定评"。

在这个意义上，我们可以认为《九月寓言》或具有现代主义色彩的作品，构成了秦兆阳文学接受与文学评价的一条"边界"，越过"现实主义"边界的作品，他不会认为是好的文学。那么，为什么会有这样的边界，这样的边界是怎样历史地形成的？它的局限性已如上述，但它的历史合理性与"进步性"在哪里，需要我们做进一步的考查。

二、"现实主义——广阔的道路"与"教条主义"

如果我们只看到秦兆阳拒绝现代主义这一条"边界"，难免会对他的"现实主义"产生偏颇的认识。事实上，在他的文艺思想中，还有另一条"边界"，那就是反对"教条主义"，50 年代使他受到批判的《现实主义——广阔的道路》，正是针对这一问题而写的。在这篇影响广泛的文章中，他"想以文学的现实主义问题为中心，来

---

① 陈思和：《中国当代文学史教程》，复旦大学出版社 1999 年版，第 367、374 页。
② 洪子诚：《中国当代文学史（修订版）》，北京大学出版社 2007 年版，第 276 页。

谈一谈教条主义对于我们的束缚"①，他反对的是公式化、概念化的创作模式，提倡"写真实"。对"社会主义现实主义"这一创作方法，他也提出了个人化的、较为宽泛的解释（"社会主义时代的现实主义"），这对"百花时代"的文学繁荣起到了积极的推动作用，但也为他带来了悲剧性的命运。

在这篇论文中，秦兆阳指出，"现实主义文学既是以整个现实生活以及整个文学艺术的特征为其耕耘的园地，那么，现实生活有多么广阔，它所提供的源泉有多么丰富，人们认识现实的能力和艺术描写的能力能够达到什么样的程度，现实主义文学的视野，道路，内容，风格，就可能达到多么广阔，多么丰富。它给了作家们以多么广阔的发挥创造性的天地啊！如果说现实主义文学有什么局限性的话，如果说它对作家们有什么限制的话，那就是现实本身，艺术本身和作家们的才能所允许达到的程度。"② 在这里，我们可以看到秦兆阳的"现实主义"是开放的、广阔的，在他充满激情的描述中，我们不难看出他对这样一种理想境界的向往与憧憬。然而我们需要指出，这里的"开放"与"广阔"，是在"现实主义"限制之内的，它首先针对的是教条化的"社会主义现实主义"，而并没有涉及"现实主义"之外的现代主义等文艺思潮，或许这首先是特定时代文艺思潮的"问题域"或问题意识所限定的，其次也与秦兆阳的理论视野与文学信仰相关，在他重要的理论与批评文章中，几乎没有涉及现实主义之外的问题。

我们可以将秦兆阳对"教条主义"的批评，视为对"社会主义现实主义"的一种重新解释与重新理解，因为他并没有从根本上否

①《现实主义——广阔的道路——对于现实主义的再认识》，秦兆阳：《文学探路集》，人民文学出版社 1984 年版，第 136 页。

②《现实主义——广阔的道路——对于现实主义的再认识》，秦兆阳：《文学探路集》，人民文学出版社 1984 年版，第 137 页。

定这一原则（而这并非只是由于特定时代的语境限制，如上所述，即使到了 90 年代他仍自觉或不自觉地坚持这一原则，或者说这已经内化成了他的文学信仰），他所不满的只是将之"教条化"以及在创作上产生的公式化、概念化倾向。因而他所希望的只是拓宽对这一原则的理解，所以在这篇文章中，他从"社会主义现实主义"的定义出发，探讨了文学与政治的关系、普通人物与先进人物、"典型"以及作家的个性与独创性等问题，最后仍归结在："让我们勇敢地从自身的教条主义的束缚下解放出来吧，让我们大胆地刻苦地来进行百花齐放吧！"①

如果说秦兆阳被划为"右派"不乏宗派或偶然性的因素②，那么从理论上来说，他的这一看法与十七年时期周扬等"主流派"的分歧也是显而易见的。

现实主义最重要的特征之一是写真实，但周扬强调，"要真实地反映现实。什么才是真实呢？要在革命的发展中去看生活，不是在静止的状态下去看生活；第二条是艺术描写的真实性与历史具体性必须和社会主义精神在思想上改造和教育劳动人民的任务相结合。"③

在周扬这里，真实性是和倾向性结合起来的，进而与时代的政治要求结合在一起，从而发展出了文艺对政治的一种从属关系。而

①《现实主义——广阔的道路——对于现实主义的再认识》，秦兆阳：《文学探路集》，人民文学出版社 1984 年版，第 166 页。
② 秦兆阳被划为"右派"，虽然是由于《现实主义——广阔的道路》，但也与他编辑发表的"干预生活""暴露黑暗"的文学作品，以及他致邵荃麟反对"宗派斗争"的两封信有关，参见秦晴《关于父亲两封信的说明》及王培元《秦兆阳：何直文章惊海内》。
③ 周扬：《在全国第一届电影剧作会议上关于学习社会主义现实主义问题的报告》，《周扬文集》第二卷，人民文学出版社 1985 年版，第 196—197 页。

在真实与倾向、文艺与政治之间，周扬以"本质"论将之联系在一起，周扬认为，文艺创作要反映生活的"本质"，所谓"本质"是体现历史发展规律的必然性，以及"革命发展的趋向与要求"。

在典型问题上，周扬认为，典型要体现社会动向的历史趋势，反映"革命的胜利的本质"。在具体创作上，他的典型观主要表现在对塑造英雄形象的要求上，他指出，"文艺作品所以需要创造正面的英雄人物，是为了以这种人物去做人民的榜样，以这种积极的、先进的力量去和一切阻碍社会前进的反动和落后的事物作斗争。"①

可以说，关于真实性与倾向性的关系、文艺与政治的关系、典型的"个性"与"共性"，以及在此基础上提出的世界观与创作方法、歌颂与暴露等问题，构成了十七年时期"主流派"与"非主流派"论争与批判的问题域。对于周扬等"主流派"来说，过于强调倾向性、政治与歌颂，必然会走向公式化、概念化，而对于秦兆阳等"非主流派"来说，要批判文艺创作上的公式化、概念化，必然要批评"主流派"过于强调倾向性、政治与歌颂的"倾向"，因而与之构成了不可调和的矛盾。

但问题的另一方面是，"非主流派"并非完全否定倾向性、政治与歌颂的重要性，而是在承认其合理性的基础上，更强调真实性、创作方法以及文艺的"独立性"。"主流派"也是如此，只不过恰好反了过来（而这一点，即在相对的意义上承认真实性与文艺的"独立性"，正是"主流派"与"激进派"的不同之处）。从整体上来说，"主流派"与"非主流派"分享了同样的思维结构与问题意识，只不过他们强调的侧重点或者言说的"立场"不同。并且在特定的语境下，他们的立场也会发生"游移"或"转换"，洪子诚曾经分

---

① 周扬：《为创作更多的优秀的文学艺术作品而奋斗》，《周扬文集》第二卷，人民文学出版社 1985 年版，第 251 页。

析过周扬在"批判胡风运动"之后，立场却反而向胡风倾斜的复杂
现象，此处我们再以秦兆阳为例，探讨一下其内在的机制。

在《秦兆阳的前言与后语》一文中，常础引用了当年秦兆阳批
判胡风的文章来批判秦兆阳，发现了其理论内在的空隙与"前后矛
盾"，虽然他的用意在于批判，却也道出了一定的事实。比如关于
"教条主义"，胡风曾经将之比喻为"棍子"与"刀子"，秦兆阳将
之比喻为"千万条绳子"，常础引用了一段话加以反驳："我们的文
艺运动是在毛主席的文艺方针和党的领导下前进的……我们要问一
问：在我国文艺运动的历史上，曾经有过什么时候，文艺创作像今
天这样真正反映了劳动人民在党领导下的斗争生活呢？曾经有过什
么时候，文艺作品有这样大的出版数量，具有这样广大的群众性，
这样受到劳动者和人民的欢迎与关切呢？曾经有过什么时候，作家
们像这样与劳动人民的斗争生活和思想感情发生血肉联系呢？我们
的文艺运动不断出现着新的气象，我们战线上的新生力量也不断从
群众中涌现出来；这都说明了：我们年轻的文艺是正在蓬勃发展的
文艺；胡风（这里应改作秦兆阳——笔者）……看不见这些，或者
是看见了也不愉快……因此他就要利用和夸大我们工作中的某些缺
点，要歪曲和抹煞正面的蓬勃发展的事实，装出忧国忧民的样子，
大嚷大叫，以达到偷天换日的目的。"随后又指出，"不管大家相信
不相信，这段话，正是秦兆阳在几年前批判胡风的时候说过的话。
不过，从今天的情况看来，他在当时说出这些话，到底是不是出自
真心呢？"[①]

在这里，真正的问题或许并非是否"出自真心"，而在于显示

[①]《人民文学》编辑部编：《现实主义还是修正主义？》，作家出版社1959年版，第
104—105页，文中所引秦兆阳的话亦转引自此书，原文名为《论胡风的"一个基
本问题"》，发表于《文艺报》1955年第4号。

了秦兆阳在两种立场中的"游移"，我们相信他对这两种立场都是认可的，区别只在于不同的语境、不同的场合以及面对不同对象的选择。当面对胡风（已被确认为"敌人"）时，他的批判立场无疑更接近周扬等人，而当针对"我们的文学事业"中的具体问题时，他的"立场"或者说他对文学现状的判断或批评，则更接近于胡风等人。另一方面，十七年文艺思潮的发展是一个不断纯粹化、激进化的"过程"，是一个不断区分敌我、排除异己的过程，在上一个阶段"正确"的思想很快就跟不上新的形势了，最后连周扬等"主流派"都遭到了批判，而秦兆阳则是在这个日益纯粹化的过程中被剥离出来的"异己"。然而对于秦兆阳来说，这样的"游移"并非立场不坚定，对于"现实主义"乃至"社会主义现实主义"他仍是坚持的（以个人的方式），但这种"游移"或"转换"，也展示了秦兆阳文艺思想内在的张力、裂隙与丰富性。

另一个例子。在《现实主义——广阔的道路》中，秦兆阳指出，"无论哪一本不朽的著作，无论哪一个成功的作家，都是有着这样那样的独创性的。正因为这样，所以常常发生这样的情形：一本好的作品出版以后，除了被一些反动的批评家们百般地诽谤以外，也同时被一些教条主义者所曲解，有的甚至有被埋没的危险，如果不是有真知灼见的批评家挽救了它，就一定是它在广大的读者的土壤里生了根，任何有意无意的扼杀才不能使它真的变成'失败的作品'。"[①]如果去掉"反动""教条主义者"等激烈词语，我们甚至可以将这一段话当作他在处理《九月寓言》问题上的"自我批评"。这显示了，即使在"独创性"这一艺术问题上，他仍受到"现实主义"理论框架的限制，当面对教条主义时他可以大声疾呼，而当面

---

①《现实主义——广阔的道路——对于现实主义的再认识》，秦兆阳：《文学探路集》，人民文学出版社 1984 年版，第 162 页。

对具有现代主义色彩的"独创性"作品时，他又会加以拒斥。

然而尽管如此，我们却不能抹杀包括秦兆阳在内的"非主流派"的历史价值与意义。首先，虽然他们讨论的问题域现在看来过于狭小或"陈旧"，但在特定的历史时期，由于他们在理论上打开了缺口，不仅在"十七年"造成了几个短暂时期的繁荣，而且为"新时期"的思想解放与文艺繁荣奠定了基础；其次，这些理论家都为此付出了极为惨重的代价，胡风如此，冯雪峰如此，秦兆阳也是如此，这是我们必须牢记的历史教训。

"从1958年1月至7月，作协连续召开秦兆阳批判会，长达半年之久。还印了三辑《秦兆阳言论》，以供批判。这场喧嚣一时的大批判，以刘白羽在作协党组扩大会议上做总结性的发言《秦兆阳的破产》而告落幕。刘白羽义愤填膺地宣称：我们与'秦兆阳这个彻头彻尾的现代修正主义者'的斗争，'是一场根本不可调和的斗争'。1958年4月12日下午，作协党组开会做出决定，把秦兆阳补划为'资产阶级右派分子'。……直到1979年3月，他的'右派'问题彻底'改正'之后，他才得以重返阔别了二十年的北京。"①

1959年出版的《现实主义还是修正主义？》，是《人民文学》编辑部编的批判秦兆阳的文章汇编，全书共收15篇文章，"对秦兆阳的右派言行——反党反社会主义的政治思想、文艺观点和两面派的手法，进行了揭露和剖析。"②

① 王培元：《秦兆阳：何直文章惊海内》，http://qkzz.net/Announce/announce.asp?BoardID=18300&ID=10001329。
②《人民文学》编辑部编：《现实主义还是修正主义？》，出版说明，作家出版社1959年版。

三、"现实主义"的承担及其命运

反对"教条主义"与反对现代主义，可以说构成了秦兆阳"现实主义"理论的两条清晰"边界"。从现在的视角来看，我们一般都会肯定他反对"教条主义"的一面，而他反对"现代主义"的一面，则会让人感到有些狭隘或"守旧"，是他文艺理论中的局限之所在。但秦兆阳为什么会反对现代主义，却是一个值得深思的问题；因为这不仅涉及他个人更深层次的文学信仰，而且也是一代或几代中国文学工作者的自觉选择。

在他们看来，文学不仅仅是（或不是）一个艺术问题、个人问题，而承担着更大的使命，与民族救亡、思想启蒙等时代命题紧密相连。在他们眼中，艺术上的探索固然重要，但在国破家亡、民生凋敝的处境下，文学首先应该能在建构民族与阶级的主体性上发挥作用，这也就是为什么他们要讨论"民族形式"与"大众化"问题，为什么要讨论真实性与倾向性、文学与政治的关系等问题的原因。他们的"文学"是与一个更大的世界联系在一起的，而不仅仅是自身。他们希望文学能激发起民众的情感，能改变他们的旧思想与旧意识，并在新的"认同"的基础上将他们组织起来，为一个更大的目标——一个独立、富强、民主、自由的"新中国"，一个人民能够真正当家做主的"人民政府"——而努力。在这方面，只有现实主义或"有倾向的现实主义"，才有可能承担这样的使命，"中国知识分子对新文学的召唤，不是出于内在的美学要求，而是因为文学的变革有益于更广阔的社会与文化问题。……中国知识分子认为，一旦现实主义被成功引进，它就会激励读者投入到民族危亡的重大社会政治问题中去。这种功利性考虑是可以理解的，因为西方理论家（中国人正是从其中一些人那里了解了现实主义）也常常将这种力量赋予现实主义。"①

　　或许这就是他们为什么选择"现实主义"的原因。而正是由于关涉到信仰与一个更加宏大的理想，这也可以解释为什么他们对"现代主义"那么不能容忍（比如秦兆阳认为《九月寓言》"不能发表，发表出去很荒唐"②），而这也同样可以解释，为什么在我们现在看来似乎微不足道的差异，在"十七年"竟会在他们内部引起那么激烈而频繁的批判运动（比如"主流派"批判冯雪峰、批判胡风、批判秦兆阳以及最后被"激进派"批判下台）。

　　至于"现代主义"，可以说与秦兆阳的思想在根本的层次上相矛盾，洪子诚指出，"中国的革命文学或革命的信仰者，是乐观的历史哲学的信仰者，从根本上拒绝悲观与绝望，拒绝对历史以及对世界在认识上的犹豫不决。或者简单地说，就是拒绝不可知论。从这个意义上说，左翼文学拒绝'现代派'这个倾向，是理所当然的。……如果到了革命文学变得同情、靠近'现代派'，那么，革命文学自身存在的理由也值得怀疑了，这也就是我所说的革命文学面临的矛盾的主要原因。"③

　　茅盾写于1958年的《夜读偶记》，是对秦兆阳的文章引起的"现实主义"讨论的一个回应，是那个时代少有的涉及"现代主义"（他称之为"新浪漫主义"）的理论著作。他针对欧洲某些学者提出的"古典主义——浪漫主义——现实主义——新浪漫主义或现代派"的文学进化公式，指出"这个公式，表面上好像说明了文艺思潮怎样地后浪推前浪，步步进展，实质上却是用一件美丽的尸衣掩盖了还魂的僵尸而已"。他认为，所谓否定现实主义的现代派，实

----

① ［美］安敏成：《现实主义的限制——革命时代的中国小说》，姜涛译，江苏人民出版社2001年版，第27页。

② 何启治：《是是非非说"寓言"》，《上海文学》2005年第7期。

③ 洪子诚：《问题与方法》，三联书店2002年版，第294—296页。

质上与"古典主义"一样，也只是抽象的形式主义。由此说明1956年后在欧洲又"时髦"起来的"现实主义已经过时，而现代派是探讨新艺术的先驱者"的论调，"只是因袭了资产阶级学者对于文艺思潮的历史发展的陈腐谬说而已"①。茅盾以现实主义与反现实主义的斗争为线索来梳理中西文学史的发展，并认为"现实主义""社会主义现实主义"是一种更进步的文艺形态。

《夜读偶记》虽然在论述方式与结论上不乏可反思之处，但茅盾对隐含在这一"公式"后面的进化论色彩以及"西方中心主义"的警惕是敏感的，也是超前的。事实上，80年代中期中国"现代主义"或"现代派"的出现，也正建立在文学上的"进化论"与"西方中心主义"之上。"现代主义"是作为文学"进化"中最高、最新的一个链条引入中国并被广泛模仿的。现实主义与现代主义这两种创作方法上的对立背后，隐藏着社会主义与资本主义、中国与西方等一组"二元对立"，80年代的论者在否定前者、肯定后者的基础上建立起了一整套叙述：现代主义被认为是"现代化"的一种表现，并由此展开了中国文学追赶并最终融入"世界文学"的想象。在今天，我们可以更清晰地认识到"进化论""西方中心主义"与"世界文学"的虚幻性与意识形态性，我们可以说，建立在这一基础上的"现代主义"，并不具有自明的先进性与"世界性"，而在"现代主义"与"现实主义"之间建构的"先进／落后"这一等级划分与价值判断，也必须得到重新认识与重新评价。这当然不是简单地扭转对现代主义与现实主义的价值判断，而是在这种"二元对立"之外，以更开阔的视野去发现文学史的丰富性。

比如，文学上的"进化论"与"西方中心主义"被忽略了，"社会主义现实主义"与"现代主义"一样，也是超越19世纪批判现

---

① 茅盾：《夜读偶记》，《文艺报》1958年第1期。

实主义的一种努力。如果说"现代主义"是对资本主义社会中人的现实与精神处境的描绘、反省与批判，那么"社会主义现实主义"则试图将批判的力量转化为一种建设的力量，以一种理想化的远景唤起人们的激情与向往。今天我们尽管可以批评这一创作方式的"教条化"，但其前提是理解其历史的合理性与复杂性。

在80年代，当张庚被问到为什么选择现实主义，而没有选择更"先锋"的新东西时，他说，"其实现在这些新的东西我们当年接触很多，我们有各种各样的尝试，做了很多实验，但是最后觉得只有现实主义这条道路才能够真正和观众进行交流，跟中国的观众进行交流，特别是表现社会思想，现实主义是一条最有利的道路。"①

秦兆阳也是同样，在关于《九月寓言》的编辑部会议上，他说："选稿、审稿的心态（很重要）……不能单纯从我敢不敢冒风险这个角度看。而要问：怕不怕自己为迎合某种思潮、社会情绪而不知不觉地陷入盲目的状态中以致发生问题；怕不怕有负读者的厚望。"又说，"我首先盼国家安定，我很怕在矛盾尖锐的情况下助长了某种东西激化了社会矛盾。"② 在这里，我们可以看到秦兆阳关注的是"读者"与"国家"，这种关注在他的文艺思想中是一以贯之的，他有一个"文学"之外更大的视野，而正是这种视野形成了的他"现实主义"理论，包括其成就与局限性。如果我们不能从这个视野来观察，那么既不能理解50年代的秦兆阳，也不能理解90年代的秦兆阳。

如何重新理解现实主义，不仅是一个学术问题，也是一个现实的文艺问题。以秦兆阳确立的"现实主义"风格的杂志《当代》为例，一篇研究文章承认，"全国众多文学期刊中，《当代》杂志是

---

① 张晓果、钟大丰等：《回忆张庚先生》，《文艺理论与批评》2007年第6期。
② 何启治：《是是非非说"寓言"》，《上海文学》2005年第7期。

最坚定、最执着地捍卫现实主义这面旗帜，并且在这面旗帜下为当代文坛奉献现实主义鸿篇巨制出力最多的一家。"但作者在研究了1979—2000 年的《当代》后指出，"《当代》无视文坛思潮迭起，作家雀跃，不倡导思潮，不随风转，不参与造势炒作运动，在赶潮逐浪中处于观望、彷徨状，看似保持本色、天然，孤高决绝，傲视群雄，其实有时则是闭目塞听，它的观念陈旧，思想落伍，气量偏狭，志趣枯涩，手法背时，'过分求稳'、'迟疑不决'、'动作迟缓，反应迟钝'，使得它在竞争中日渐现出颓势。不参与竞争就不会创新，不创新就将停滞不前，封闭自锁的结果就会被淘汰，这是必然的。"①

但事实与作者的预料相反，现在被淘汰的不是《当代》杂志，而正是那些"思潮迭起"的杂志，这些杂志不是已经消失了，就是在几千份的发行量上苦苦挣扎。而《当代》则以其"现实主义"吸引了众多读者，以文学刊物中最高的发行量之一继续"傲视群雄"。可以说关注"读者"以及关注"中国""世界"，这样一个开阔的视野，正是它获得成功的保证，而这与秦兆阳的努力是分不开的，也让我们不能不重新认识秦兆阳与他的"现实主义"。

（《文学评论》2009 年第 1 期）

---

① 蔡兴水、郭恋东：《宏大叙事的样本——阅读〈当代〉（1979—2000）》，《文艺争鸣》2001 年第 5 期。

反思精英知识分子的最新力作
——读刘继明的《启蒙》

　　刘继明的中篇小说《启蒙》，为我们讲述了一个不同的"右派"故事，让我们看到了历史与现实的另一面。1980年代以来，曾经被划为"右派"的作家王蒙、张贤亮等人集体归来，为我们讲述了右派"受难"的故事。在这样的叙述模式中，"右派"知识分子历尽苦难痴心不改，一心为党、为国、为民，他们崇高的理想与悲惨的境遇构成了强烈的戏剧性冲突，冲击着1980年代中国人的心灵，在文学界也引起了极大的关注。一时间"右派"成了受难知识分子的一种光环，象征着在苦难中坚守、在困境中拼搏、为人民而受难等丰富的含义。这一叙述模式流传甚广，不仅在1980年代家喻户晓，而且影响至今，"右派"几乎成了一种光荣称号。但是，"右派"真的像他们所描述的那么高尚吗？在1980年代重新登上历史舞台后，他们又说了什么、做了什么？当他们的境遇不再悲惨而是众星捧月时，他们是否仍在坚持当初的"理想"？《启蒙》所回答的正是这些问题，在这一右派叙述模式停止的地方，《启蒙》开始了它的讲述，并向我们揭示出上述右派叙述模式的裂隙，以及历史与现实的另一种"真相"。

　　小说以主人公蕖伯安的诉讼案为切入口，向我们讲述了这样一个故事：著名作家蕖伯安曾被划为右派，发配到椿树岛劳动改造，在那里他与当地的赤脚医生江中莲相爱，并生下儿子蕖小椿。改革开放以后，蕖伯安回城，并以《椿树泪》等小说在文坛引起广泛关注，他很快与江中莲离婚。"我"是 W 大学的青年学生，与魏东、安然都是文学社的骨干，安然是魏东的女朋友，但在与蕖伯安接触的过程中，安然爱上了蕖伯安，最终与魏东分手。但是安然很快发现，在她之外，蕖伯安还有不少情人，经过痛苦的挣扎之后，她也与蕖伯安分手。蕖伯安在文学界获得巨大成功之后，改行经营影视城，在椿树岛进行开发，他的开发破坏了当地的环境与生态，遭到当地人的极力反对。最后他的儿子蕖小椿，和已成为著名律师的安然联手，将他告上了法庭，但神通广大的蕖伯安，很快将这一事件"摆平"。

　　小说以第一人称"我"的视角讲述，"我"是 1980 年代的文学青年，也是蕖伯安的崇拜者，一直在关注蕖伯安，对安然也不无好感。正是在诉讼案期间，"我"通过与安然、蕖小椿的交谈，拼贴起了对蕖伯安的整体认识，这是一个发现的过程，也是一个失望的过程。"我"发现，蕖伯安并不像他小说中所表现或者像他宣称的那样，是一个为人民受难的人，事实上，他不仅站在民众的对立面，而且在私人生活中，他也是自私自利甚至不负责任的。"我"是一个曾经的崇拜者，又是一个与各方无直接利益关系的"旁观者"，这一视角既可以让故事以更客观的方式呈现出来，也使呈现的方式更加曲折，而这则构成了小说独特的探寻式结构。在小说中，蕖伯安首先是作为一出诉讼案的主角出场的，由此引发了我的回忆与"探寻"，小说在当下与 30 年前两个不同的时空建立起了连接，向我们展示了蕖伯安的不同形象及其变化。

　　最初出场的蕖伯安是一个文化偶像，小说通过魏东、安然和

"我"对雷平的崇拜，以及雷平对蕖伯安的崇拜这样一种曲折的关系，显示了蕖伯安在文坛的重要性及其对青年学生的影响。安然抛弃魏东与蕖伯安相爱，也显示了蕖伯安的吸引力，来自于文学与"受难"的魅力甚至转化为了对女性的吸引力。但是，我们很快就会发现，在这一吸引力下面，隐藏着蕖伯安扭曲的人格和难言的隐秘，"可就在这时，我发现了蕖伯安的一个秘密。有一次，我在书房里找一本书，翻出一沓厚厚的信件。我好奇地打开一封，通篇都是些让人脸红的情话，接连几封，不，所有信的内容都是如此。有的句子十分露骨，不厌其烦地描写男女之欢，比小说还要细腻。从笔迹和署名看，写信的不是一个人，而是几个女人……我简直不敢相信自己的眼睛，更不敢相信，一个男人同时和几个女人保持着性关系；可就是这个被我当做偶像的男人，曾信誓旦旦地宣称他爱我！"安然的这一发现，让我们看到了蕖伯安的另一面，也打破了他自我塑造的完美形象。不仅如此，蕖伯安并非后来才是这样的，在椿树岛劳动改造时就已经如此了，如同他的儿子所谈到的，"我们岛上有不少人看过那部小说，但他们告诉我，除了那场婚礼，小说中的许多情节都是'瞎编'的。'你父亲把自己写得像个落难的公子！'他们说，'蕖伯安其实是个勾引姑娘的高手。在你母亲之前，他也追过别的姑娘，只不过没有得手。'他们说的有鼻子有眼，容不得我不信。按照他们的说法，我父亲平反回城后立马和我母亲'打脱离'（即离婚），早就在他们的意料之中了。"在这里，我们看到的是两个蕖伯安，一个是带着受难光环的文化偶像，另一个则是"勾引姑娘的高手"，而在新时期以后，前者不过是后者的"面具"，相反相成地构成了蕖伯安的不同侧面，显示了这一"文化偶像"内在的黑暗与混乱。

不仅在私人情感领域，在更为广泛的公共领域，我们也可以看到，蕖伯安的"光环"在逐渐褪去，他并非像他宣称的那样"为人民受难",恰恰相反,在真实的问题面前,他不仅站在了民众的对立面,而且利用自己的社会资源与影响力,在竭力压制民众的声音。他为了追逐经济利益,开发"大好河山影视城",不惜在椿树岛上砍伐所有的椿树,不惜让阻碍他的上访者丁子槐"消失",也不惜得罪他的前妻与儿子。正是在这里,我们看到了另一个蘘伯安的形象,这是一个赤裸裸的资本家形象,在金钱利益的驱动下,他压制民众,破坏环境,对自己的亲人也毫不留情,正是在这样的过程中,他不仅走到了民众的对立面,也走到了大自然的对立面,走到了自己亲人的对立面。这样一个人,与他在小说中自我描述的那个"受难者"简直有着云泥之别。而他在小说中所贬低的"劳动妇女",以他的前妻为原型的"莲子",在现实中却与他有着巨大的差别。在与蘘伯安离婚后,江中莲独自将儿子抚养大,在椿树岛平静地生活着,并尽自己的可能给蘘伯安以关怀。只是在蘘伯安要砍伐所有的椿树时,她才与他决裂,并坚定地站在了丁子槐一边,站在了民众一边。在这里,我们看到的江中莲,并非蘘伯安在《椿树泪》中所塑造的形象——那个愚昧的、没有文化的农村妇女,相反,在她身上我们可以看到千百年来优秀文化的积淀,这是一个深明大义、怜弱惜贫的女子,也是一个敬畏自然、尊重生命的女子。我们可以看到,正是这样一个女子,在蘘伯安"受难"时给他以安慰与拯救,而当他平步青云时,不仅毫不犹豫地抛弃了她,而且在他的书中对她加以贬低与丑化。之所以如此,一方面是由于蘘伯安要为自己的行为"辩护",另一方面,我们也可以看到,最根本的原因在于,蘘伯安处于个人精英知识分子的"立场",从未真正理解底层民众的情感与内心世界,他以知识分子的"傲慢与偏见"俯视大众,自以为高人一等。当一个时代强调劳动者的价值观时,他们将自己打扮成"为人民受难"的人,而当一个时代推崇"成功者"时,他们为了个人意义上的成功,便走到了民众的对立面。在小说中,我们可以看到，蒉伯安不仅破坏椿树岛的生态环境，压制反对他滥伐树木的民众，而当诉讼案发生时，他更是动用个人的资源与影响将之消弭于无形，在这里，他不仅仅是违背民众的意愿，而且是以非正当手段达到的，这个昔日头顶光环的"文化偶像"，已经堕落到与黑社会分子无异了。

在文学史的脉络中，1980年代张贤亮的《绿化树》《男人的一半是女人》为我们塑造了"为人民而受难"的右派知识分子形象，形成了一种典型的叙述模式；1990年代，王安忆在《叔叔的故事》中表达了对这一代知识分子的失望，但也只是在情绪与情感上感到他们不可信任；而刘继明的《启蒙》则让我们看到，这一代知识分子如何褪去了光环，走向了民众与人性的反面。思想的穿透力让这部小说饱满扎实，它不仅向我们揭示了历史与现实的"真相"，让我们反思精英知识分子的所作所为，更让我们在历史的断裂处重新思考"启蒙的辩证法"，重新选择未来的道路，"在此刻，我环顾着W大校园里满目的青翠和远处高楼玻璃幕墙被阳光反射的耀眼光辉，心绪一片苍茫。脑子里不知怎么闪现出我曾经去过一次的椿树岛，还有那些消失的椿树，耳边仿佛响起了一阵喑哑的喊叫……"——这是新一代知识分子在偶像倒塌后的犹豫与彷徨，更是在精神的废墟中别寻新路的先声。

（《文学报》2012年10月）

中　编

影视评论

中国电影:"大片时代"的底层叙事

从 2002 年的《英雄》以来,中国电影可以说进入了一个"大片"时代,以《英雄》《十面埋伏》《满城尽带黄金甲》《无极》等为代表,中国式的大片呈现出愈演愈烈之势。从根本上来说,这些大片是反市场、反艺术的,因为它以垄断性的宣传和档期取代了市场的自由竞争,以华丽的外表和大而无当的主题、支离破碎的故事取代了对现实的关切与艺术上的探索,以海外资金与跨国运作取代了对民族国家的认同。但这些"大片"却凭借张艺谋、陈凯歌等"第五代"导演在 1980 年代以来积累的象征资本,占领了"中国电影"在国内、国际的市场资源,形成了一种垄断,在国内电影观众中,也形成了一种"越骂越看,越看越骂"的奇怪观影心理。

但同时,伴随着"新纪录运动"的展开以及第六代导演的转型,中国电影中也出现了一些反映现实生活和民生疾苦的影片,如王兵的《铁西区》、杜海滨《铁路沿线》等纪录片,贾樟柯的《三峡好人》、李杨的《盲井》、张扬的《落叶归根》等故事片。这些影片在对"底层"的关注中,发展出了独特的艺术形式,代表着中国电影突破"大片"的垄断,关注现实并进行艺术探索的新希望。

在今天,"底层"越来越成为文艺界关注的一个中心。这是在新世纪出现的一种新的文艺思潮，它与中国现实的变化，与思想界、文艺界的变化紧密相关，是中国文艺在新形势下的发展。在文学界，以曹征路的小说《那儿》为代表，涌现出了一批描写"底层"人民生活的小说，如陈应松的《马嘶岭血案》、刘继明的《我们夫妇之间》、胡学文的《命案高悬》、罗伟章的《大嫂谣》等，此外还出现了"打工文学""打工诗歌"等现象。在戏剧领域，黄纪苏的《切·格瓦拉》和《我们走在大路上》突破了小剧场的局限，在文艺界和思想界引起了巨大的争论与反响。在电视剧领域，《星火》甚至创造了中央电视台近10年来最高的收视率，达到了12.9％；而在流行音乐界，也出现了"打工青年艺术团"的音乐实践。伴随着以上文艺实践，《文学评论》《文艺理论与批评》《天涯》等刊物纷纷推出理论与批评文章，从各个角度对"底层叙事"、文艺的"人民性"等问题进行辩论与研讨。

　　我们可以说，电影中的"底层叙事"是这一思潮的一部分，但在这些影片对"底层"的具体表现中，仍存在着不同的视角与价值观，值得我们做进一步的分析。在这里，我们将分析的范围限定于故事片。

精英视角下的"底层"

　　2006年，贾樟柯的《三峡好人》与张艺谋的《满城尽带黄金甲》（以下简称《黄金甲》）在国内同期上映，但票房大败，这是一个具有象征性的事件，不仅意味着"第六代"与"第五代"导演的对决，也是"中国式大片"与"底层叙事"的对决，两种电影观念、两种电影发展方向的对决。

　　《黄金甲》虽然在票房上取得了胜利，但在知识界和观众中却引来一片质疑与骂声。这部改编自曹禺的《雷雨》的影片，不仅削弱了原剧的现实意义与各种层次的矛盾，如情欲冲突、阶级矛盾、"个人"与环境的矛盾，上一代与下一代的矛盾等，而且其中每个人物都是扁平的——《雷雨》中各个人物却都是丰富、复杂、饱满的，而在《黄金甲》中，只剩下了华丽的服装、精美的画面和宫廷斗争。这说明"大片"不仅丧失了讲述世界的能力，而且丧失了改编故事的能力。

而《三峡好人》虽然在国内票房上不如人意，但却得到了知识界的肯定，在《读书》杂志组织的座谈会上，汪晖、李陀、崔卫平等都对影片做了极高的评价。在我看来，影片最大的优点，是能呈现出一种生活的实感和质感，抓住了社会变迁中的景观变化和人物的内心世界。

《黄金甲》与《三峡好人》对比，《三峡好人》无疑更贴近当下中国的生活，让我们看到了社会现实的变迁及其对人物命运的影响，是一部重要的中国电影。但同时《三峡好人》也存在一些问题，这既有属于这部影片自身的问题，也有属于当前"底层叙事"共同的问题。

就《三峡好人》自身来说，电影以两条线索来结构，以"寻找"为主题，但两条线索只是串起了两个故事，没有交叉，没有在相互作用中使影片在主题意蕴上更深入，在艺术上更有探索性。影片最精彩的地方并不在故事，而是散落在叙事中的一些点，比如旅馆的老板，还有那个想出去打工拦住赵涛的小女孩，但故事没有更紧密地贴在生活上，更多地发掘这些东西。韩三明跟妻子谈话的一场戏，两个人的对话没有表现出内在的情感，感觉像是在背台词，或许更自然一些会更好。流行歌曲的元素，在这部影片中用得不是很成功，在贾樟柯的《小武》和《站台》用得都很自然，但在这部片子中，让那个小孩跑来跑去的唱，就有些过于刻意。还有学周润发的那个小马哥与《上海滩》的音乐，似乎也有些不自然。现在农村的孩子对周润发似乎不会如此迷恋，在这里导演似乎仍在以90年代初的经验来把握现在的农村青年。此外，飞碟的出现、移民塔的飞走，和影片的整体风格似乎也不太协调。

就电影中的"底层叙事"来说，影片还是以外来人的眼光来看待这个地方，没有深入到生活本身的逻辑之中，去发现他们的内在情感，所以其中的人物都是一个表情——麻木、忍耐，这是一种启蒙的精英视角，与真实的底层世界有着较大的距离。当然贾樟柯还是力图呈现"真实"，也达到了一定的深度，比如跟王超的《江城夏日》相比要好许多。《江城夏日》似乎还停留在故事和生活的表层，《三峡好人》则深入了进去，但深入得似乎还不够。

在这方面，李杨的《盲井》与《盲山》的正反经验也值得探讨。《盲井》根据刘庆邦的小说《神木》改编，相对于刘庆邦的一些优秀的短篇而言，《神木》并不是最好的，语言比较粗糙，故事也有些生硬。但影片《盲井》紧凑、简捷，更有张力，影像的粗糙、简单、自然反而成就了它的风格，不过影片的焦点不是具体的事件，而是探讨在这种极端境况下"人性"的问题。就总体来说，影片将现实中具体的矿难事件与对"人性"的探讨结合得比较好，深入到了矿工生活的内在逻辑中，让我们看到了矿工理解、认识这个世界的独特视角，给人一种震撼性的冲击力。

《盲山》似乎也想结合现实与"人性"，但这一次，李杨理解的"人性"似乎过于简单了。这个故事讲的是一个女大学生被拐卖到农村，几次逃跑未遂，在那里生下了一个孩子，最后被解救，却又舍不得孩子的悲惨故事。在叙述节奏、影像风格上，影片都有一些特色，并比较完整地呈现出了导演所要表达的意图，在这个意义上还是比较成功的。但就这个故事本身，以及导演要表达的主题来说，则不是很成功。真正的问题在于导演的思想意识，他把造成这一悲剧的原因归结于村民的贫穷与愚昧，这在影片中很清晰地呈现了出来。但是"文明与愚昧的冲突"这个80年代以来占据主流的思想框架，已经无法解释拐卖妇女这样的社会现象了，现实中要复杂得多，所以这部影片的根本问题，在于以一种陈旧的思想框架来解释现实，给人们提供一个既定的结论。

被娱乐遮蔽的大众

在另外一些影片中，我们可以看到"底层"，但在这里，"底层"并没有构成影片的问题或主要表现对象，而是成为影片主体叙述的一部分，被编织进去成为一种娱乐的因素。这显示出"底层"虽然成了关注的对象，但却并没有获得主体性的地位，而只是作为一种被动的"客体"被反映，因而在这些影片中，我们看不到"底层"自己的声音。

《长江七号》的第一个镜头，是周星驰饰演的民工坐在尚未竣工的大楼顶端俯瞰整个城市，端着饭盒慢慢咀嚼。这一镜头具有象征意义，也让人对民工的处境有一个整体性的认识。他们是城市的建设者，却被疏离于城市之外，他们从事着高度危险的工作，但对生活却麻木与顺从。作为周星驰的转型之作，这样的开端让人期待，但在故事的逐渐推进中，我们发现影片的叙事重心从周星驰的故事变成了小男孩的故事，从民工的故事变成了儿童的故事、外星人的故事，影片中虽然还留有劳作的场景、民工与老板的紧张关系、民工从脚手架上跌落的情节，整个故事也隐含着穷人至少还有幻想的寓意，但就总体来说，民工生活的元素被整合进了影片的整体叙述中，并失去了其内在的冲击力，这使影片不仅对底层的表现只流于表面，而且也失去了周星驰电影"关注小人物"的特色。

在《苹果》中，虽然出现了底层的洗脚妹与"蜘蛛人"，但影片真正表现的主题却是"情欲"。底层以一种在场的方式"缺席"，并没有得到关注，而只是构成了影片的叙述元素，并被精英阶层的审美趣味刻意地扭曲了。在《疯狂的石头》复杂的故事网络中，也涉及了房地产商对公共资源的侵占，以及下层小偷的困窘处境等社会问题，但这些问题并没有得到正视，影片以将之作为背景或者纳入到总体性的叙事结构中，成就了一场叙事上的狂欢。

《我叫刘跃进》与《疯狂的石头》相似，也力图将对底层的叙述纳入到一个大的结构中去，在"几伙人"的互相斗争与寻找中，影片试图表现小人物的无奈和世界的复杂性。然而这个影片却不是很成功，首先在娱乐性上，它并没有达到《疯狂的石头》的狂欢效果，这是因为它的线索并不清晰，出场人物比较杂乱，又过于讲究戏剧性与偶然性，这使故事本身显得支离破碎，缺乏一个稳定的内核；其次，在对底层的表现上，影片将之纳入到与不同阶层的对比中，应该说这是一个不错的构思，但影片虽然触及到了底层的真实处境，但却将重心放在不断地编织外部关系上，从而以一种游戏的态度滑过了对底层的关注。

《我叫刘跃进》改编自作家刘震云的同名小说。如果我们将小说与电影加以对比，可以发现，小说相对于电影可以说是较为成功的。这可能是因为长篇小说的篇幅足够容纳一个复杂的故事。小说中的人物、情节虽然繁杂，但却是清晰的，为我们呈现出了不同阶层"几伙"人的世界及他们的所思所想，并以一种复杂的技巧将之编织在了一起。不过在对底层的表现上，小说与电影存在着共同的弊端，那就是对故事复杂性的过分追求，淹没了作者与小说主人公的主体意识，主人公更像一个道具或符号，而不是一个活生生的人。这对于以呈现"生活原生态"著称，并创作过《一地鸡毛》《单位》等小说的刘震云来说，应该说是一个小小的讽刺，当然这与他近年来在创作上的转变有关。

如果我们比较一下《我叫刘跃进》与导演马俪文借以成名的

《我们俩》，可以发现这两部影片在风格上形成了鲜明的对比:《我们俩》的故事是极端简单的，虽然它只是表现了一个女学生与一个房东老太太的关系，但却清楚地呈现出了他们的现实处境与内心世界，以及她们交往中的微妙之处；而《我叫刘跃进》是极端复杂的，它编织了一个复杂的故事，但却只是流于表层，并没有触及更深层次的问题。在艺术上，《我们俩》多用长镜头，平实自然，在缓慢的推进中显示出了导演的真诚与自信；而《我叫刘跃进》则多用跳切，并在两条故事线索中不断穿插，显示出了现代生活的紧张、焦灼，我们也可以将之视为创作者主体情绪的一种投射。

在这里，一个有意思的问题是，马俪文的《我们俩》、刘震云的小说《我叫刘跃进》都比较成功，为什么他们合作的电影《我叫刘跃进》却并不成功呢？我想这里最为关键的并不是能力问题，而是作者是否能够真诚地面对世界、面对底层的问题。在这个基础上，如果能够寻找到适合的艺术表现方式，就会拍摄出好的影片；在这方面，我们可以说《我们俩》是一个成功的例子，而电影《我叫刘跃进》则是一个反面的例子。

直面底层的生存困境

与以上影片相比，另外一些影片却为我们描绘出了底层生活的困境，这些影片大体上可以分为两类：一种是从一个小的视角切入，着力呈现某一种人的生存状态及其内部的人际关系，注重表现生活的原生态，从而表现出他们的生活逻辑与内心世界。这类影片可以《卡拉是条狗》《我们俩》《公园》等为代表。另一种则更注重影片的故事性，将戏剧性与现实生活结合起来，从而表现出底层生活中的困窘或悖谬之处。这一类影片可以《落叶归根》《光荣的愤怒》《好大一对羊》等为代表。需要指出的是，这些影片大都是小制作，而且较少使用大牌演员，但却为我们呈现了一个较为真实的底层世界。

　　路学长导演的《卡拉是条狗》，开头是工人老二的妻子去遛一条没有"养狗许可证"的狗，结果被警察发现没收了，如果在规定的时间内不能交纳5000块钱，狗就会被送到郊区去。影片的重点是老二处心积虑寻狗的过程。在这一过程中，围绕老二一趟趟去派出所，展开了他的整个世界——他与妻子、儿子的关系，他与另一个女人杨丽的关系，他与狗贩子的关系、与警察的关系，等等，同时也展现了处于底层的老二的内心世界，正如有人指出的，"与其说老二是在找狗，倒不如说他是在找回自己正在失去的做人的乐趣与尊严，一个收入不高的普通工人的安乐生活。"我们从影片中可以看到，老二不仅在经济上处于困窘的状态，而且在精神上也处于极为卑微与尴尬的境地，这从儿子对他的鄙视态度，以及他借来的假狗证被警察没收时的难堪中，都有极为细致的表达，而这也是底层人最为真实的处境。

　　在尹丽川的《公园》中，父亲执着地为女儿征婚，扰乱了女儿的生活，迫于亲情压力，女儿一步步退让，甚至和小男友分手，而父亲在时髦的"公园相亲"的过程中，认识了为儿子征婚的母亲，女儿又萌生了为父亲找个老伴的念头，这对彼此深爱的父女却总是互相伤害。影片以一种缓慢的节奏，表现了一对父女之间复杂而微妙的亲情，让我们看到了城市底层的伦理关系与伦理观念。影片不追求故事性与戏剧性，而是以一种散文式的抒情笔调，将情感的幽深细微处呈现了出来。

　　《卡拉是条狗》《公园》与上面谈到的《我们俩》，都以一个简单的事件贯穿始终，在这一事件中呈现主人公的现实处境与内心世界，不强调戏剧性，而力图在日常生活中加以表现，节奏也比较缓慢，这或许是表现城市底层常用的方法。与之相比，表现农民或农民工的影片，则更追求强烈的艺术效果，戏剧性与节奏都比较强，之所以这样，一方面农民与农民工的生活本身更具偶然性、戏剧性，另一方面或许从居身于城市的创作者看来，农民与农民工的生活更具有一种奇观性。

曹保平的《光荣的愤怒》根据阙迪伟的小说《乡村行动》改编，以一种狂欢式的节奏讲述了一个农村抗暴的故事。在上街村有四个无恶不作的兄弟——仗势欺人的赌徒熊老大、鱼肉百姓的村会计熊老二、无法无天的村长熊老三以及色胆包天的轴承厂厂长熊老四。这四个人横行霸道，成为当地的一股恶势力，村民们对其所作所为恨之入骨，但是又没有人敢招惹他们。新上任的支部书记叶光荣表面虽然与四兄弟和睦相处，私底下却酝酿着如何找机会将这股恶势力铲除。影片以叶光荣与村民抓捕熊家四兄弟的过程为线索，表现了农村的现状以及村民面对恶势力时恐惧、动摇、终而反抗的细腻心理。影片的结局是巧妙而无奈的，在村民与四兄弟即将分出胜负的紧要关头，四兄弟突然被公安局以另外的理由抓捕了，它将一个偶然当作了"光明的尾巴"，却将思考留给了观众。影片不仅能直面现实，在形式上也颇具探索性，将一个小成本的农村故事，拍成了具有现代感的、快节奏的狂欢故事，显示了创作者构思的巧妙。

根据夏天敏同名小说改编的《好大一对羊》（刘浩导演），讲述了一个扶贫的"悖论"。刘副县长在视察时看到了德山大叔窘迫的生活。德山大叔家养了两头别人捐献的外国的高级羊，外国羊需要非常讲究的饮食和生活环境，麻烦接踵而来：一开始，外国羊什么东西都不吃，后来总算吃东西了但不久就开始便秘，再以后，德山大叔为了让两只羊吃上鲜嫩的青草，跋山涉水带着两只羊去鹿坪……故事的最后，德山大叔实在无力继续伺候这一对昂贵的羊，羊被县里牵走了，但这时他却对这对羊产生了情感。扶贫本是一件好事，但却对德山大叔造成了伤害。影片以此表现了底层的生活逻辑和他们的困窘处境，也让我们反思扶贫及扶贫的形式——不适当的扶贫反而会对底层造成物质与精神上的损伤，这是只有从底层的视角才能看到的问题。

张扬导演的《落叶归根》，在《黄金甲》与《三峡好人》对决的 2006 年上映，取得了很高的票房，显示了不同于《三峡好人》的另一种"底层叙事"倾向。在影片中，赵本山饰演的老赵，南下到深圳打工，因为好友老王死在工地上，决定履行诺言，背着他的尸体回乡安葬。老赵先把老王伪装成醉鬼，混上了长途车，却不幸在途中遇上劫匪。老赵誓死保护老王的补偿金，赢得劫匪敬重之余，还救了一车人的财物。而这不过是一个开始，在他回乡的路上，还遇到了一个又一个波折，影片以公路片的形式，描绘了老赵在回乡途中的遭遇。这样一部电影，之所以取得票房上的成功与评论界的赞誉，首先来自于"背尸回乡"这一事件的传奇性，以及从中体现出来的民工的悲惨遭遇；其次在于赵本山的明星效应；再次，影片并没有将民工的生活简单化与平面化，将他们的生活仅仅理解为悲惨，而是深入到了他们生活的内在逻辑中，比如在老赵身上体现出来的重信守义的品格，以及他在苦难面前积极乐观的精神，大大丰富了我们对"底层"的认识；最后，影片不仅可以为知识分子接受，也能吸引普通观众，显示了它面向"大众"的努力方向。

以上我们分析了电影中表现"底层"的不同角度与方式，尽管对一些影片提出了批评性的意见，但"关注底层"本身却是没有错的，问题只是怎样才能更深入地进入底层的世界，并以独到的艺术形式加以表现，创作出能为底层所欣赏的影片。我们关注底层，也是在关注中国的根基，只有充分焕发出底层的主体性，才能建构出中国与中国电影的主体性。从 1980 年代以来，我们电影的主流就发展出了一种面向精英、面向海外（市场）、面向电影节的倾向，在这个过程中则忽略了中国的底层，不仅作为表现对象忽略了他们在银幕上的形象,也作为观众忽略了他们的精神文化需求和广大的市场,在"底层"受到更多关注的今天,这样一种倾向已经得到了反思,出现这么多表现"底层"的影片就是一个证明,尽管它们还存在种种不足,但这也正是一个今后发展的动力,我希望中国电影在对底层的关注与表现中,能涌现出更多不同风格的优秀影片。

(《艺术评论》2008 年第 3 期)

中国电视剧：为什么这么火？

　　随着《潜伏》《人间正道是沧桑》《解放》等电视剧的放映，不仅在普通观众中引起了持续的观看热潮，在学术界与思想界也引起了相当的关注与重视。相对于电影、小说、话剧等叙事艺术形式，中国的电视剧，尤其是革命历史题材的电视剧，为什么会叫好又叫座？相对于日剧、韩剧、美剧、中国港剧、中国台剧，中国大陆的电视剧又具有什么样的特色，为什么会得到观众与学者的双重肯定？本文试图探讨中国电视剧尤其是革命历史题材电视剧的特点，及其成功的奥秘之所在。

一、"中国化"与"民间化"的审美趣味

　　与电影、小说、话剧等叙事艺术形式相比较，电视剧的一个最大特点在于，它所直接面对的是中国观众尤其是中国的底层观众。因此，长期以来，电视剧被视为一种通俗或庸俗的艺术形式而为研究者所忽视，但也正是因为深深植根于底层民众之中，重视他们的审美趣味、习惯、偏好，才使今天的电视剧焕发出了生机与活力，这是值得我们总结的重要经验。

　　我们可以看到，1980年代以来，中国电影所走的便是一条"国际化"的路线，无论是陈凯歌、张艺谋等"第五代"导演，还是贾樟柯、张元等"第六代"导演，都是首先在国际电影节上获奖，才在国内引起关注与重视。这虽然在艺术手法的创新、艺术思潮的引进等方面，对中国电影的发展具有重要的作用，但同时这也带来了一个极大的限制，那便是影片的预期观众首先是海外电影节的选片人、影评人，以及国内的精英阶层，这便使影片在选材、视角以及审美趣味等方面，与中国的普通观众拉开了距离。市场化改革以来，中国电影在国内的预期观众定位更加清晰，那便是大中城市的小资产阶级及其以上的阶层，城市中的底层民众以及更为广大的农村观众则被弃之不顾，超高票价、院线体制、档期设置、宣传诉求等，便是实现这一分化与区隔的具体措施。

　　中国文学所走的也是一条与电影相似的道路，只不过更加曲折而已。由于受到语言这一媒介的限制，中国文学虽然从80年代开始就想要"走向世界"，想要获得"国际"的承认，却始终没有得到完全的认可，甚至被某些汉学家视为"垃圾"。所谓的"诺贝尔奖情结"成了几代中国作家的集体焦虑，也是一个症候式的表现——虽然这一目标在2000年以一种反讽的方式得以"实现"，但这一"情结"的热度却至今不减，每年诺贝尔文学奖颁奖时，仍能成为文学界与媒体热烈关注的话题。与此同时，中国文学的读者却越来越少，这不仅在于影视、网络等大众媒体的兴起与分流，也不仅在于娱乐、消遣、休闲方式的增多，而在于中国文学并不以中国读者尤其是普通读者为预期对象，并正在丧失"新文学运动"以来将文学作为一种精神事业的视野，而只以一种供人消遣的"产品"去参与娱乐市场的竞争，自然会走向末路。

　　话剧与美术的情形也大致相似，但也有各自不同的突出问题。话剧作为一种直接面对观众的艺术形式，80年代中期以来越来越

"精英化"与"小众化"，与电影等更易于市场化的艺术或媒体相比，观众面愈显狭窄，其处境更加窘迫与尴尬。如果说话剧呈现了"精英化"的典型症候，那么美术与美术市场则突出地表现出了"国际化"的困境，不仅中国美术的评价体系建立在西方的"政治正确"与艺术标准之下，而且这一市场也成了国际资本操纵、炒作乃至投机的对象，所谓"天价艺术品"的出现，便是这种操纵的结果，金融危机之后，这一市场的泡沫部分破灭，但其根本性的问题却并没有得到反思。

在这样的背景下，中国的电视剧逆风而行，面向中国，面向底层民众，它能够受到中国普通观众的欢迎是必然的，伴随着其思想性、艺术性及技术层面的提高，使它不仅可以雅俗共赏，而且可以成为具有时代症候的公共话题。《星火》《亮剑》《士兵突击》《潜伏》《人间正道是沧桑》等电视剧在网络上激起的热烈反响，以及研究者的集中讨论，便是明显的例子。电视剧之所以能够面向中国观众尤其是底层观众，也有其体制或运作机制的原因，这主要在于：我国的电视台是国营的，不像私人资本那样仅注重经济效益或娱乐效果；电视机的普及，以及电视节目的免费收看（虽然现在也有了有线及高清等收费频道），这保证了绝大多数中国观众可以看得到电视；相关机构对电视节目播出时段与内容的某些限制，为国产电视剧尤其是革命历史题材电视剧的发展，提供了较为宽松的空间；电视剧作为一种"大众文化"，以前是不怎么受重视的一种艺术形式，在形式探索与创新方面承受的压力较少，而更可以在适应普通观众审美要求的基础上，发展出独特的叙述方式。

在艺术方面，中国电视剧尊重观众的审美习惯，汲取了传统中国美学的某些叙述元素，并予以现代性的转化，在民族形式的探索上，在民间趣味的发掘上，取得了较为丰富的成果，在我看来，至少有以下几个方面值得注意：

首先，注重"故事性"。这看起来似乎很简单，但只要略作一些比较，便可以发现并非如此。我们可以看到，现在的电视剧不论其艺术质量如何，大都可以清晰地讲述一个精彩的故事，至少可以以故事的逻辑吸引观众进入，但中国电影却面临着讲述故事的危机，或者讲不出一个完整或精彩的故事（如《英雄》《无极》等），或者有一种过度编织故事的倾向（如《疯狂的石头》《我叫刘跃进》等）。不能或不愿讲述一个故事，而只以碎片的形式加以呈现，这可能出于艺术探索或风格化的需要，但却忽略了中国观众的审美习惯。中国观众喜欢看有头有尾的故事，而不习惯"横截面"式的叙述，或大段的内心独白与"意识流"。

其次，在叙事中注重伦理关系，或者说注重"家族叙事"。"家族"是传统中国社会组织的基本单元，而中国传统文化处理的核心问题，便是家族成员之间亲疏、尊卑、长幼的秩序，这在中国有两三千年的历史，有着深远的影响，"新文化运动"虽然瓦解了作为社会组织方式的家族，但在中国尤其是在农村或"底层"，家族及伦理关系，仍是人们最为注重的社会关系之一。不少成功的电视剧都以家族关系作为组织叙事的方式，《大宅门》《闯关东》《人间正道是沧桑》等都是如此，有的电视剧虽然不以家族关系作为叙事的主要线索，但也充分关注这一关系，这都使观众易于接受。

再次，叙事的长度、段落、节奏，也都注重到了观众的趣味。现在的电视剧一般都是20集以上的长篇连续剧，有的甚至达到50集以上，还有的不断地拍摄续集。这样的叙述长度，使电视剧可以容纳较为丰富的内容，而从观众接受的角度来说，则在前几集明白了人物关系之后，可以更容易地进入后面的剧情。这些电视剧虽然颇长，但在一个中等段落中（比如几集），却在叙述一个相对集中的故事，这使得电视剧中的每个故事既独立又连贯，可形成一个有机的整体，而一个段落中的每一集，乃至一集中的每一桥段，也都既独立又连贯，较好地把握住了叙事的节奏。如果我们注意一下优秀电视剧每一集的结尾，就会发现它们既为这一集与下一集之间画下了相对完整的分界线，又留下了吸引人的悬念，很有些传统小说"欲知后事如何，却听下回分解"的味道，这些可以说都借鉴了"中国叙事学"的长处。

二、"现实主义的胜利"

以上试图从形式方面总结中国电视剧的特色，接下来我想谈一谈选材。我认为，优秀电视剧的题材主要集中在两个方面，一个是20世纪的中国史尤其是革命史，另一个是当前的现实生活，而且主要以现实主义的方式表达对历史、现实的认识与思考。当然在名著改编剧、戏说或正说历史剧中，也有一些优秀的电视剧，但似不如以上两种题材集中。

"现实主义"，或者说以写实的方法呈现历史与现实，可以说是中国电视剧的重要特色，这也是它为公众与学者共同关注的原因之所在。对于前者来说，电视剧可以一种提供历史的脉络与现实的镜像，让人在娱乐之余确认自身的位置；而对后者来说，电视剧则可以呈现"话语"与"时代"之间的张力，也可以表现出时代变迁中的精神"症候"。我们说"现实主义"是中国电视剧的重要特色，是相对于两方面来说的，一个方面是中国电影，另一个方面是日剧、美剧、韩剧等其他国家或地区的电视剧。

在当前中国电影的格局中，除了少数"新主旋律电影"和"新历史电影"之外，真正占据市场与舆论主流的影片，却并不直接面对中国的历史与现实，也并不提出自己的意见与想法，而只是以美学的方式（以画面与音响构成的"视听奇观"）加以逃避，在这方面最典型的是以《英雄》《无极》为代表的"中国式大片"，而改编自曹禺名剧《雷雨》的《满城尽带黄金甲》，则是个具有代表性的例子。这部影片取消了原著的时代背景，以及阶级矛盾的线索，而将这个故事改造成了一个宫廷中的情欲故事，同时突出了暴力场景与准色情镜头，这样的改编可以说是颇具"时代性"的。此外，冯小刚的《夜宴》改编自《麦克白》，田壮壮的《狼灾记》改编自井上靖的小说，而另外的影片，则将故事置于一个虚幻的时空或虚幻化了的"古代"，如《英雄》《无极》《麦田》等。可见一代导演精英，已经丧失了从现实与历史中汲取灵感的兴趣与能力，尤其对20世纪中国风云变幻的历史进程和丰富复杂的现实生活，他们不仅不愿面对，而且加以逃避。正是由于丧失了具体的生活实感，因而只能或借助于经典作品，或注重主观幻想。既然并没有想要表达的感受或想法，影片便流于空洞、贫乏，有的甚至无法讲出一个故事，只能以技术或形式因素来吸引观众，这是当前中国电影的一大弊端。而在这方面，电视剧则言之有物、贴近生活，故而能受到观众的欢迎。

与日剧、韩剧、美剧、中国港剧、中国台剧相比较，我国大陆的电视剧作为一种"文化产业"，还不够成熟，但是这种"不成熟"，恰恰构成了大陆电视剧产业的一种特色。即，我们尚未充分发展出程式化、类型化的通俗电视剧，如侦探剧、言情剧、警匪片等，在电视剧观众的细分方面，也还没有充分发展出针对特定年龄、阶层观众的电视剧类型，如青春偶像剧、励志剧等，这一方面说明"产业化"尚不够，另一方面则可以让主创人员更多地发挥他们的个性、想象力与创造性，也可以使我们的电视剧更具生活实感，从"艺术"的层面上来讲，未尝不是一件好事。2005年，韩剧《大长今》在国内热映，曾引起学术界与电视剧界的热烈讨论与反思。然而短短几年，我国电视剧不仅吸引了国内观众的眼球，而且在海外也引起了广泛的关注，这不仅在于电视剧制作质量的提升，或"产业化"程度的提高，而主要在于发展出了中国电视剧的"特色"，这主要就是对现实与历史的热情，及现实主义的表现方式。比如我们较少类型化的言情剧，我们的电视剧即使以爱情为主，也很少像日剧、韩剧中的言情片那样去故意营造一种浪漫的氛围，而是像《中国式离婚》《金婚》那样，更有生活实感或历史感；再如我们的"励志片"，也很少置于空旷的时空背景中，而是像《士兵突击》那样在具体的现实生活中展开，等等。

在这里，需要着重分析的是中国革命历史题材的电视剧。近年涌现出了像《亮剑》《星火》《长征》《八路军》《潜伏》《解放》《人间正道是沧桑》等优秀的电视剧，这些电视剧不同于以往的革命历史题材影片，呈现出了新的艺术特征。由于不少电视剧题材的重大以及篇幅的宏伟，仍以"史诗性"作为其艺术追求，也取得了成功，如《长征》《八路军》等。另一方面，无论其表现方法，或叙述方式，都与以往的革命历史题材影片有了明显的不同，这是与"新主旋律影片"相似的，但由于其受众面广，题材与样式多样，数量与质量亦有所提高，事实上其影响要比"新主旋律影片"大得多，也更多地成了公共话题，进入了观众的精神与娱乐生活，对这些影片的积极意义，我们应该充分肯定。

三、重塑新的"价值观"

中国电视剧的成功，不仅在于题材、形式或技术层面的原因，而更在于其背后有一种稳定的核心价值观，有一套完整的是非、善恶的评价体系，这不仅是这些电视剧能够讲述出一个完整或精彩的故事的前提，而且其社会意义或"社会效益"，也正在这些价值观的传播、争鸣与反思之中。

我在一篇文章中写过，当前我国的价值观处于一种混乱的状态，传统的以"忠孝"为核心的价值体系已经分崩离析，20世纪中

国史与革命史所凝聚的理想主义、英雄主义与集体主义在 80 年代
以来也遭到了瓦解，而以西方为参照的建立在金钱关系与"个人"
观念之上的价值体系也没有充分发展起来，因而只是不同价值的碎
片拼贴在一起，却没有一个最基本的共同认同的基础，这是转型期
中国所面临的一个根本性问题。在这样的情境中，作为更贴近人类
心灵的文艺，应该对这一现状加以反映与反思，并促进心灵之间的
沟通，但以"先锋"相标榜的艺术形式（电影、小说、话剧等），
却无法或无力对混乱的精神现状进行反思，反而陷入了混乱之中，
成了其中的一极。而电视剧这一艺术形式，却在新 / 旧价值、中 /
西伦理、公 / 私道德之间，试图确立一种稳定的价值观，并取得了
相当的成功，这是值得我们深思的。

　　我们可以将《潜伏》与同类题材的电影做一下比较，《色·戒》
和《风声》都是碟战题材的作品，在艺术上也都各有特色。《色·戒》
讲述了一个女谍报人员为了情欲而在关键时刻放走了汉奸，随后与
同志们一起被枪杀的故事。影片探讨的是身份认同危机及情欲对女
性的影响，对人性幽暗而深邃的非理性世界的把握较为出色，但影
片的叙述逻辑却建立在认同"汉奸"立场的基础上，对抗日战争及
革命者持一种否定的态度，对中国人的民族情感不能不说是一种伤
害，因而被批评者认为是一种"汉奸文艺"。与之相比，我们可以
发现《潜伏》的故事更为精彩，对革命者内心世界的探索也很深入，
它展现了在一个危机与腐败的时代信仰所可能具有的力量，以及为
了信仰所遭遇的磨难、悲痛与牺牲。影片的正面价值投射在共产党
一面，这既符合历史实际，也适合观众的心理需求。但与过去的革
命历史影片不同的是，影片对国民党中的人物，并没有绝对地加以
否定，而给予了更加丰富的呈现，或表现其"人情味"（如吴站长），
或表现其"职业伦理"（如李崖），这些新因素增加了我们对历史
复杂性的理解，但并没有走向对中国革命的否定，反而让我们更深

刻地认识到了中国革命的合理性。《风声》在价值立场上并没有偏移，不过也没有多少出彩之处。影片的整体基调是黑暗、悲惨的，而《潜伏》即使在最紧张的关头，也能让人看得到转机与希望，这显然与创作者对革命的认识——积极的还是消极的，乐观的还是悲观的——密切相关；《风声》对暴力场景的过分渲染，令人不适或反感，这说明它也没有更深地进入革命者的精神世界，因而只能以身体的受难来加以弥补，与《潜伏》对牺牲、奋斗、信仰的深入刻画相比，显然逊色不少；《风声》的最后段落，以解谜的方式将以前的玄机——说明，在叙述方式上略显笨拙，与《潜伏》流畅、紧凑的叙事相比，也有相当的距离。——我们可以看到，与《色·戒》《风声》相比，《潜伏》在技术、艺术层面毫不逊色，在价值判断上更为坚定，也更能为中国观众所接受。

《亮剑》《激情燃烧的岁月》《人间正道是沧桑》等影片也是如此。《亮剑》《激情燃烧的岁月》塑造了具有草莽性格的英雄形象，对以前的革命历史影片有所突破。在以前的革命历史题材影片以及在中国革命中，个人英雄式的草莽性格是需要克服的对象。此种英雄形象在电视剧中的出现，是对中国革命认识的一种丰富与深化，并没有否定，而在艺术上，这种有性格的英雄也更具魅力，更具传奇性与戏剧性，也更适合观众的欣赏趣味。《人间正道是沧桑》以家族叙事讲述国共两党分分合合的历史，将传统伦理与现代价值观的冲突、融合呈现了出来，以一种富于人情味的方式让人们看到了中国革命的合理性，其中对传统伦理并没有绝对否定，对国民党也给以同情之理解，试图以共产党的理论与实践为基础，在国、共的革命逻辑与传统伦理之间，重构一种新的价值观。

不仅革命历史题材的电视剧如此，现实题材的电视剧也同样如此。《士兵突击》在"个人奋斗"与集体主义之间保持的张力，将新旧价值观相互融合，提供了一种新的人生观与价值观；《金婚》《王贵与安娜》描述数十年岁月中的婚姻爱情故事,既注重传统伦理中稳定的婚姻关系,也对新的爱情观念持一种理解、包容的态度;《大工匠》对社会主义的"工人文化"及其时代演变有着细致的把握,老工人与新工人之间类似师徒的关系,工人与工人之间类似兄弟的关系,在现代化的工厂之中又都去除了旧时代师徒、兄弟的人身依附因素,而更有社会主义的平等因素,可以说是新伦理的一种鲜明体现,等等。

有分析指出,作为落后艺术形式或"大众文化"的电视剧,在价值观上必然是保守的、稳定的或调和的,因此也必然是落后的,而只有"先锋"的艺术形式才能不断挑战保守的价值体系,而为社会开辟新的道路与新的空间。但我们看到,对于转型期的中国来说,我们所面临的问题不是"保守"的价值体系,而恰恰是混乱的状态,只有在混乱之中形成共同可以接受的价值基础,才有可能使社会具有凝聚力,才可以使新的道路与新的空间成为一种可能。在这个意义上,我们认为,中国电视剧在既往价值碎片上的重构,是一种值得尊重的努力与探索。

(《艺术评论》2009 年第 11 期)

我们为什么而讲故事？
——从《疯狂的赛车》说起

近年的中国电影中，有一个很有意思的现象，那就是一部影片无法讲述出一个完整精彩的故事，在《英雄》《无极》等"中国式大片"中，我们可以看到叙事的破碎与不知所云。之所以如此，不仅在于创作者对"现代主义"艺术方式的迷恋，而且在于他们没有办法讲述一个完整的中国故事——这源于他们无力把握中国经验，并从中捕捉到历史或时代的核心，也源于他们没有一种稳定的价值观、世界观，没有自己想说的话或者没有对这个世界发言的欲望，因而只能以表面的华丽或绚烂掩饰思想的苍白，以技术上的尽善尽美来代替艺术所应有的震撼人心的力量。

可以说这不仅是电影创作者的问题，也是我们这个时代的问题。我们这个时代的价值观处于空前的混乱之中，传统中国的价值体系已经崩溃，没人再用"三纲五常"来衡量一切，只残留着一些价值的碎片（如评选"十大孝子""感动中国人物"等）；20 世纪中国革命所创造的新价值体系，30 年来处于不断瓦解的过程之中，以"个人主义"与金钱崇拜为核心的价值观取而代之，但也不能笼罩全体；西方的自由民主观念，作为一种思想体系，同时也作为一种意识形态或一种冷战的武器，在社会上尤其是在知识界有着极大的影响，但尚没有经历"中国化"的过程，也不能成为大部分中国人的价值标准或行为准则。在这样一种混乱的状况下，我们如何讲述中国的经验？我们从什么角度来讲故事，以什么样的价值尺度来衡量主人公的是非？这是一个极大的问题。我们的"大片"之所以华而不实，之所以讲不出故事，就在于背后没有一种坚强而稳定的价值观支撑。如果与"好莱坞大片"相比，这一问题就会更加突出："好莱坞大片"的故事之所以流畅或"感人"，不仅在于技术或艺术层面，而且在于这些故事最后都可以归结为"自由""民主"或者"爱"，可以归结为一种"普世价值"，而好莱坞的一个巨大功能，也就在于向全世界推销这种"普世价值"或意识形态。如果我们不能形成自己的新的价值体系，只能任由这种意识形态占领我们的文化空间。

如果说"中国式大片"的问题在于讲不出故事，那么在《疯狂的赛车》等影片中，我们看到的是另一个极端。那就是那么多故事纠缠在一起，互相穿插、缠绕、交错，在一种狂欢式的叙述中抵达终点，这样的故事兼容并包但又相互消解，它们所有的逻辑都建立在偶然性之上，它们浮光掠影地捕捉到了生活中的一些碎片，但又无法将之安排在叙事的逻辑链条上，无法赋予其"意义"，因而只能以碎片的形式呈现出来。而创作者的才华也只能体现在如何容纳更多的碎片，如何编织更多的线索，如何制造更多的巧合和笑料，据说为此，《疯狂的赛车》"写残了七个编剧"。影片中，黄渤扮演的自行车选手耿浩与师傅首先出场，其二人串联起了假药贩子李法拉。而李法拉夫妻间买凶互杀，引出了来自农村的"杀手二人组"。但这仅仅是故事里的一条主线索，另外三路人马如下：用车手身份伪装的毒贩泰国察猜，跨海前来接头的台湾帮会四人，还有想要立大功的警察搭档。此外还有徐峥饰演的墓地推销经理。这么多的人物与故事，故事只有不到两个小时，如何将他们组织在一起确实是一个大问题。如果按照商业片、娱乐片或类型片的逻辑，这部影片在故事或笑料上是成功的，甚至是精彩的。尽管由于《疯狂的石头》带来的过高期望，一些观众仍不免失望，但就影片的专业水准或类型元素来说，它大体符合了一般的预期。

如果我们从另一个角度来看，可以将"过度"编织故事的倾向，视为"中国式大片"之外的另一种类型，它们虽然讲述出了精彩的故事，但并没有一个"完整"的故事，即没有一个连贯的线索，没有一个中心人物，没有一个要表达的主题或意蕴（这或许会被视为"过时"的艺术观念），它们只是将不同的故事、人物拼贴在一起，形成一种彼此错位、纠缠的狂欢化效果。在这类影片中，马俪文的《我叫刘跃进》在叙述的编织上并不成功，而宁浩的《疯狂的石头》《疯狂的赛车》可以说取得了不俗的成绩。在这两部影片中，创作者将多条并进的线索处理得干净利落，同时融入了方言、暴力、黑社会帮派等叙述元素，使影片的故事复杂而不混乱，整体具有一种黑色幽默的喜剧效果。当然相对于《疯狂的石头》，《疯狂的赛车》的有些台词不太自然，故事编织的痕迹也更浓，叙述的焦点也不够集中，但如果从"编织"的复杂程度与技术层面来说，是更胜前者一筹的。另一个问题是两部影片太像了，如有人所指出的，"在人物设定、情节推进、风格构成甚至更为细节的方言、台词、道具等方面，'赛车'基本就是'石头'的翻版，甚至还缺少了'石头'中相当重要的社会批评等相关内容（《疯狂的石头》中对于国有资产流失、商业活动弄虚作假的内容多有反映），这未免让人觉得遗憾。"①

从讲故事的角度，可以说宁浩的《疯狂的石头》《疯狂的赛

---

① 《疯狂的赛车》商业味足　宁浩"迟暮"？，http://culture.people.com.cn/GB/46104/46105/8708460.html。

车》借鉴了昆汀·塔伦蒂诺、盖伊·里奇等人的结构方式与黑色幽默，但也有着根本的不同，这倒并非是由于特定地区的方言、黑社会帮派等中国特色元素的融入，而在于其思想背景的不同。如果说宁浩的碎片的拼贴是平面的，或社会学意义上的，那么昆汀·塔伦蒂诺、盖伊·里奇的拼贴则是立体的，或哲学意义上的。前者的拼贴不过是为了构成叙述上的迷宫，而后者则是力图从迷宫（或虚无）中突围出来，寻找一种恒定的东西，或者呈现出置身迷宫的痛苦或迷惘。在这个意义上，无论是暴力、死亡、黑色幽默还是时间的反转，都并非为叙事而叙事，而只是一种艺术的手段。而在《疯狂的石头》《疯狂的赛车》中，我们看到的却只是社会片段的编织与结构，在一种狂欢化的叙事中，我们无法看到创作者的看法或态度，或者只能看到创作者专注的游戏姿态。如果作为一种娱乐片，我们似乎不应提出过高的要求，至少它为我们带来了欢笑，带来了一种新颖的叙事方式或叙事结构，带来了一种新型的"喜剧"。

可以说宁浩的《疯狂的石头》《疯狂的赛车》，在冯小刚、周星驰、赵本山的喜剧之外，为我们带来了一种别样的"喜剧"，这种横向移植来的新的电影样式，在宁浩的创作中已颇为成熟。如果说冯小刚的喜剧建立在城市市民文化与王朔式的政治反讽之上，赵本山的喜剧来源于乡土中国深厚的文化底蕴与幽默感，周星驰的喜剧来源于港台文化的滋养与无厘头式闹剧，那么，宁浩的"喜剧"带给我们的，却是一种完全不同的东西。他的喜剧元素来自于现实生活的错位、巧合或者偶然，来自于残酷、暴力或者出人意料之外的震惊。如果说前者是结构性因素造成的，那么后者则出于一种"黑色幽默"，正是这些，再加上方言的巧妙运用，对社会现实的机智反讽，构成了宁浩喜剧的基本特色。或者说，正是方言与"反讽"的出色运用，使宁浩将一种艺术方式"中国化"了，给中国电影带来了新的东西。

但另一方面，如果我们不从商业或娱乐的角度，而从一种"艺术"或一种倾向来看，我们可以说，它们与那些讲不出故事的"中国式大片"一样，也不过在以故事的纷繁复杂来掩饰思想上的乏力，而这同样源于无法把握中国经验，以及没有一种稳定的世界观（即使是"后现代主义"式的"虚无"也没有），在这一点上，这类影片与"中国式大片"可以说是一体的两面。

按照本雅明的说法，我们讲故事，是为了整理我们的历史与经验，在相互交流中增进彼此的了解，在时间的流逝中保留鲜活的记忆，让我们在时间的链条或想象的秩序中确认自己的存在，为此他推崇"围炉夜话"式的交流。现代的电影研究，也将影院的观影方式与宗教仪式相比较，在观影时，人们共处于同一片黑暗中，共处于同一个故事的"冒险"之中，从而获得心灵的休憩或安慰，并在彼此之间建立起一种情感或记忆的连接。在这个意义上，"故事"和故事的讲述起到了一种"组织"的作用，对于创作者来说，他通过叙事组织起经验的碎片，以呈现个人眼中的世界与世界观，并以自己独到的艺术方式表达出来，召唤观众的认同。而对于观众来说，则通过观看影片唤起各种情感、情绪，以影片的故事组织个人的经验或记忆，形成对世界的一种新体验，同时在这种体验形成的过程中与故事的讲述者，与其他故事的倾听者建立起一种新的联系。

从这个角度来看，无论是"讲不出故事"，还是故事的过度编织，其实都是对世界的回避，也是对内心的回避，都是在以技巧掩饰无话可说的困境，或者说只是在为讲述而讲述，是一种不及物的表达。当然在这里，我们并不是要以艺术片的标准来评价"商业片"，或者要求所有的影片都要有一个"完整"的故事，或者只有一种艺术样式。令我感兴趣的只是，为什么我们的电影无法组织起一种完整的叙述，为什么无法表达出一种完整的经验，或者为什么无法表述出创作者的态度或看法？如果说出于创作者的主动回避也是一种解释，那也是"合理"的，毕竟在一种商业化的环境中，任何个人意见的表达都必然要受到限制，任何说出真话的人必须具备一定的勇气或智慧，而"说，还是不说"也是一种个人的选择。但另一方面，正如上面我们所分析的，在这个价值观空前混乱的时代，我们的艺术家已经无法讲述出一个让自己信服并能唤起他人认同的故事了，而这才是我们所遭遇到的最根本的精神困境。

值得注意的是，在转型期的中国，不仅价值观处于混乱之中，而且社会的各个层面也都处于剧烈的变动之中，如果说混乱与"变动"对于其他领域，是一种不得已而接受的现实处境，那么恰恰为艺术提供了一种深刻切入当下现实的机遇。在这样的时代，我们的艺术应该直面现实的困境，以自己的故事提供一种组织精神"碎片"的形式，让我们从一个个碎片中看到这个世界的真相，看到我们的内心，也看到创作者的意见。只有从这里出发，我们才能从碎片中重建一种新型的价值观，重建一个新型的社会，也才能发展出一种新型的叙事艺术。这虽然是极为困难的"任务"，但却似乎是值得探索的一个方向，而这首先需要创作者不要回避，不要仅仅关注技术，而要做出自己独到的观察与思考，发出自己独特的声音。从这个角度，我们对《疯狂的赛车》等影片在娱乐上所取得的成就虽然不乏敬意，但还不满足，以创作者在影片中表现出的叙述技巧和叙述能力，是应该做出更具启示性的探索的。

（《电影艺术》2009 年第 2 期）

工人生活、历史转折与新的可能性
——简评《钢的琴》

　　张猛导演的《钢的琴》有一个巧妙的构思：下岗工人陈桂林
为了在离婚时挽留住女儿，需要一架钢琴，但是他既没有钱买，去
偷又搬不动，最后他决定自己制造一架钢琴。于是他一一寻找铸造
厂下岗的旧日同事，杀猪的，修锁的，打麻将的，做小买卖的，以
及退休的"汪工"等，他将这些人联合起来，在废弃的工厂开始铸
造一架"钢的琴"。影片以这一故事为核心，让我们看到了后社会
主义时期的工人状况，如果说下岗之前，这些工人是作为一个"阶
级"而存在的，而在下岗之后，他们则分散地走向了各自的生活，
不再作为一个集体而出现，而是散落在社会结构的不同层面，独自
承担起了自己的生活。与以前相比，他们的生活不再有集体的保
障，他们的精神也不再像以前那样昂扬或自信，而是处于挣扎与困
顿之中。在这个时候，"制造钢琴"这一事件将他们团结在一起，
他们又相聚在旧日的厂房之中，开始为一件"共同的事业"而奋斗。
但是时过境迁，他们这时团聚在一起，与以前已经有了极大的不
同，破败的厂房，巨大的管道，废弃的烟囱，都在说明一个时代已
经结束，而他们重聚的欢欣与劳作的快乐和这些场景形成了鲜明的

对比,有一种近乎荒诞的喜剧效果。

这可以是一种双重"错位",他们在一个不属于他们的时空中仍然延续了旧日的行为,这是时空上的错位。而另一方面,他们"联合起来"的目的也和以前有很大的不同,如果说在下岗之前他们铸造钢材是在为国家或社会主义事业做贡献,那么此次"联合起来",则只是为了私人的目的——帮助陈桂林造一架钢琴,同时在这里,"钢琴"作为一种象征性的符号,则代表着另外一种生活方式——讲究格调或趣味的,中产阶级或资产阶级的生活方式。这样一种追求与他们"联合起来"的行为本身也构成了一种错位或反差,即在联合的过程中,他们并没有形成自身所处阶层的阶级意识,反而是另一阶层的阶级意识或主流的意识形态在向他们渗透,他们所努力的目标,不过是为陈桂林的小女儿提供另一社会阶层生活方式的象征性符号。在这里,他们所认同的价值观念与陈桂林前妻并无太大的不同,所不同的只是他们提供的方式更加艰难曲折而已。在此处我们也可以看出,昔日的"工人阶级"在经历了沧桑巨变之后,仍然没有生成自己的"主体性",在思想意识上仍然被另一阶层的主流意识所主导,而并没有发掘出自己生活方式与思想意识的真正价值。

但是另一方面,这些下岗工人毕竟联合起来了,那么是什么促使他们联合起来的呢?除了与陈桂林的私人友谊之外,我们还可以看到另一个重要的因素,那就是对集体的渴望与对昔日生活的美好情感,他们共同保有着对那一段生活的温暖回忆,那是他们生活中最值得珍惜与骄傲的日子。那不仅属于他们个人,也是属于钢铁产业乃至"东北老工业基地"的辉煌。正是这些美好的回忆,以及他们在过往生活中所形成的彼此之间的情感,让他们以一种新的方式走到了一起。在这里,值得注意的是他们的情感联系,这些工人在下岗后散落各处,从事着不同的行业,但是一旦遇到某一件事,他们还是可以重新凝聚在一起，可见他们之间的情感联系是那么坚固。而这样一种关系，既来自于现代化大产业在运行中所产生的协作需要，也来自于同一社区"熟人社会"所凝聚起来的情感，可以说是一种既现代又传统的关系。这一关系不同于传统农业社会的熟人关系，因为他们所从事的是现代化的钢铁产业；也不同于现代私人企业工人之间的彼此隔离，因为他们在生活之中也形成了紧密的联系；同时他们也不同于传统的以"义"为核心的江湖兄弟的关系，因为他们所从事的是一种以现代化与社会主义为目标的大业。但是这一关系也带有上述三种关系的某些特点，在这个意义上，他们之间的关系是有传统中国特色的阶级或同志关系，或者说是一种"阶级兄弟"关系，他们在阶级关系上叠加了"兄弟"关系，形成了一种独特而密切的现代人际关系。影片中对这种关系有着细致的把握，但也没有回避其内在的复杂性，人与人之间性格的差异，彼此之间的矛盾与纠葛，现在生活处境的不同，等等。但是这些内在的差异并没有成为他们彼此合作的障碍，反而更加丰富了他们之间的情感，让我们看到了他们的多面性及其内在的一致性。影片的整个故事逻辑正是建立在这种"阶级兄弟"关系之上，不过这是一种迟到的表演，是沧桑巨变之后的缅怀与追忆，也是一种深情的告别或对未来的期盼。

在结构上，影片采取了类似《七武士》《海角七号》的组织方式，不同的人物在面临一件大事时，经历种种波折、矛盾与纠葛，最后凝聚在一起，共同面对与解决了这一问题。在《七武士》中，这一事件是对付外来的强盗，在《海角七号》中，这一问题是组织一场音乐会，而在《钢的琴》中，这一事件则是制造一架钢琴。这样的组织方式的长处在于其丰富性与曲折性，如《七武士》便塑造了七位性格迥然不同的武士，《海角七号》也呈现了不同阶层的人物在组织音乐会这一事件上态度的差异。这一结构不易把握，如果处理不好，很容易散漫或散乱，是对主创人员结构能力的一个重要考验。《钢的琴》对这一结构有着较为出色的把握，影片中的陈桂林、淑娴、王抗美、大刘、胖头、二姐夫、汪工、季哥、"快手"等人，形象鲜明，个性突出，他们每个人都有着自己的故事，最终融汇到"造钢琴"这一大故事之中，在一个"集体"之中找到了自己的位置，他们既分工又协作，既有矛盾，又统一在一起。相比《七武士》《海角七号》，由于《钢的琴》的结构方式与主题呈现相关，因而别具一番深意，他们的"组织起来"，是在下岗分散之后的重新"组织起来"，所以这一组织的过程也就更加引人深思，所以当影片中荒废的厂房中再度响起他们的欢声笑语，再度迸溅起钢花，再度充满忙碌的身影，他们所勾起的，不仅是历史的温情记忆，也是对现实的批判性反思。

另一方面，如果与描述工人生活的电视剧如《大工匠》《钢铁年代》《金婚》等作品相比，我们可以看到，这些电视剧几乎都以编年的形式讲述工人生活数十年的演变，它们所表现的是历史的"延续"。这一"延续"又因为故事的家族结构与个人成长史的讲述方式而得到加强，于是其中呈现出来的工人生活的故事便似乎是"自然而然"的变化。在其中我们很少能够看到历史的"转折"与"断裂"，在这里，"工人阶级"的故事便不是一个阶级的故事，而表现为"家务事，儿女情"，"工人阶级"命运的转折也不是一个整体性的叙述，而表现为家庭与个人命运的沉浮。这样讲述故事的方式虽然为电视观众所喜闻乐见，却缺乏对历史的一种总体性的认识和把握。而《钢的琴》不同，它所讲述的是历史的"断裂"与"转折"，将不同时代工人的生活方式，以艺术的方式"叠加"在一起，在巧妙的对比中，让我们看到了历史转折在每个人的生活与心中留下的印痕，这样的方式虽然不像上述电视剧那么面面俱到，但却从总体上让我们看到了"工人阶级"的历史经验与现实处境。在他们作为一个"阶级"瓦解之后，他们只能以个体的方式进入"历史"，因而是无力的，他们所拥有的只是个人技艺，但这种技艺在离开工厂之后又无用武之地，只能成为小生产者式的谋生的饭碗。在影片中，我们可以从不同的地方看到这一对比，在影片所营造的氛围中，我们可以看到"集体"时的火热与现在厂房的凋敝，"钢"这一意象，在过去的时代是"铁水奔流"的象征，而现在则是冰冷的，甚至是"废铁"，只有在"造钢琴"的过程中，才回光返照似的重现了昔日的火热与激情，而这只不过是转瞬即逝，在影片的结尾处，陈桂林的父亲去世，或许这真正象征着一个时代的结束。

张猛导演的《大耳朵有福》曾经引起电影界的广泛关注与好评。这部影片描写一个退休工人一天的生活，他生病的老伴，被羞辱的女儿，在外惹事的儿子，无人照顾的老父亲，以及他漫长而艰辛的寻找新工作的过程。影片以生活流的方式展现了他生活中的方方面面，让我们看到了一个底层小人物的现实处境及其喜怒哀乐。这部影片深入到人物的生活与内心深处，较之某些描述底层生活的纪录片与故事片，更深刻细腻地表现了这一阶层的生活世界。而《钢的琴》作为他的第二部作品，与《大耳朵有福》既有区别又有联系，两者的相同之处在于它们所关注的都是底层小人物或"工人阶级"的历史与现实处境，甚至《大耳朵有福》中的主人公王抗美，在《钢的琴》也作为一个次要人物出现，更是将两部影片联系在一起，也显示出创作者创作"系列影片"的艺术雄心。两者的不同之处主要在于艺术表现方式，《大耳朵有福》是以接近纪录风格的"生活流"表现主人公的生活，而《钢的琴》则更体现了创作者艺术上的精巧构思，但是这一艺术化的表现不仅没有削弱对生活的深入，反而以新的方式让我们从一个更加开阔的视野去看待工人生活的变化。在艺术表现上，二者也有相似之处，那就是音乐元素的出色运用，这些革命歌曲、通俗歌曲与钢琴曲，不仅象征着不同时代的风格与文化理想，而且也将我们带到了历史与时代的深处，让我们可以从总体上思考工人生活的变化，历史的转折，以及新的可能性。

（《电影艺术》2011 年第 2 期）

看不到的 "铁人"

因为答应了要写关于《铁人》的影评，一直留心关于《铁人》上映的消息，但看到这部影片的过程却颇为曲折，在这里我想略为说一说，因为我觉得这也是此类影片所遭遇的普遍问题，而这又涉及影片放映发行的体制、对这部影片的"接受"与评价等问题。有朋友告诉我，这部影片在五一前后上映，所以在 5 月 1 日之前，我就开始注意影片的信息。但直到 5 月 10 日，在网上搜索各大影院，都没有看到要上映《铁人》的信息。在电视上，仅在北京文艺台的"每日文娱播报"中看到过这一影片的消息，但也只是在"建国 60 周年献礼片"中提到了影片的名字。5 月 11 日，给中影影院打电话，得知该影片正在上映，但安排在下午，在小厅。5 月 12 日下午，我赶到了中影影院，想去看 2 点 40 分的一场。但到了售票处，却发现并没有《铁人》的电影票出售，"今日上映"的影片目录中也没有《铁人》我还到小厅（3 厅）去看了看，问工作人员是否在演《铁人》，答曰"到售票处去看"；我又回到售票处，询问工作人员《铁人》何时上映或者是否已经演过了，答曰"不知道"。无奈之下，我只好回家了。又，在国安剧场看到 5 月 13 日、15 日下午要上演此片，去售票处询问，工作人员告诉我，影片是包场的，不向个人

单独售票。又，在网上看到双安的华星影院有此片的消息，给他们
打电话，工作人员说影片只在下午放映，且已经上演过了。各个影
院都看不到，为了不辜负写影评的嘱托，我托一个朋友找到了该片
尚未正式发行的 DVD。正准备看时，突然听说 5 月 16 日电影学院
要放映此片，并有与主创人员的交流，于是到了那天便去看。影片
放映活动是该校研究生会组织的，免费入场，我大约提前 10 分钟
进场，上座率大约有二分之一，等影片放映之后，我注意观察了一
下，满座率大概有三分之二强，并未坐满。

　　以上是我终于看到了《铁人》的过程，之所以不厌其烦地做这
些琐细的记录，并非想表达我个人看一场电影有多么艰难，而是想
以此呈现《铁人》在当今社会的遭际，而这也应该是"主旋律电影"
所遇到的普遍困境。如果不是要写影评，我也不会一定要找这个电
影来看，特意去看这个电影，还会遇到上述困难；而对于不一定非
看不可的观众来说，碰到上述任何一个情况，也就不会去看了。有
趣的是，在中影影院的外面，我看到了《南京！南京！》的大幅海
报，以及各种类型的小幅海报，而关于《铁人》，却没有任何宣传
与介绍。对一部以日本士兵的视角讲述"南京大屠杀"的电影如此
热情，而对一部以铁人王进喜为主人公的电影却如此漠然，症候式
地呈现出了我们社会价值观的错乱。

　　之所以出现这种情况，似乎也不应该仅仅责怪影院或院线。影
院或院线作为一个企业，追求利润，追捧"大片"，在市场经济的
逻辑中似乎并无特别可责怪之处，这也是它们选择影片、安排放映
场次与时间，以及制定宣传策略的出发点。问题在于电影并非仅
仅是一般意义上的"商品"，它既具有"商品"的属性，可供人消
费、娱乐，同时也是一种负载了特定思想价值观念的"艺术"，可
在精神层面给人以触动、感动或提升，可以起到某种教育或宣传的
作用。在计划经济时代，我们较为注重电影后一方面的功能，以电

影作为宣传的"工具"。而市场化改革之后，则较为注重电影娱乐、消费的属性，这对于大部分影片是适用的，但对于"主旋律电影"来说，则难免会遇到困境与矛盾。这一矛盾在于，既要把一切都推到市场，以票房收入为衡量的标准，又要让已经企业化运行的影院承担起思想教育的责任。而对于观众来说，则是让他们自己花钱去受"教育"，而不是去消费或娱乐，这对于当今以青年为主的观影群体来说，是一件在心理上难以接受的事情。在这种情况下，出现看不到《铁人》的情况，以及上座率不足的现象，是可以理解的。而要扭转这一情况，只能根据电影的特性采取不同的分工与运作机制：适合商业化的影片由院线体制运作，而对于"主旋律电影"，则似应汲取计划经济时代的某些经验，如包场，超低票价，覆盖城乡的广泛的发行网络等，而不应一概推向市场，否则这类影片很难在市场上与"大片"竞争，也无法将影片的"社会效益"充分体现出来。

　　以上是由《铁人》对放映体制的一点反思，下面我想具体谈谈对"主旋律电影"以及《铁人》的看法。"主旋律电影"，作为一种体现主流思想价值观念的电影作品，在计划经济时代，过于注重影片的宣传教育作用，在艺术形式上便难免出现模式化与僵化，虽然也涌现出了一大批优秀的作品，但总体上却给人以"灌输"或想教育人的印象，让观众在接受心理上有一种排斥的机制，这也是自然的。但近年来，却出现了一些新的"主旋律电影"，在艺术形式上有所创新，在思想表达上不那么生硬或"居高临下"，在人物塑造和故事编排上富有新意，比较适应当前观众的审美方式与审美趣味。或许我们可以将这些作品称为"新主旋律电影"，而其代表便是近年尹力导演、刘恒编剧的一系列影片，如《张思德》《云水谣》，以及最近的《铁人》。

　　我们可以在不同的向度上，来总结这一系列影片的特点。首先与以李安的《色·戒》、冯小刚的《集结号》、陆川的《南京！南京！》为代表的"新历史电影"相比。这些"新历史电影"虽然在艺术层面各有特色，并达到了相当程度的造诣，但它们对历史的阐释却缺乏逻辑的合理性，缺乏为人所接受的历史观与价值观，有的甚至对中国人民的情感造成了严重的伤害。与这些影片相比，"新主旋律电影"的特色在于：影片试图以新的方式、新的角度讲述现代中国的故事，但故事背后有一种对现代中国的"同情之理解"，有一种较为稳定且能为人所接受的历史观。影片从平凡人的角度去重新认识 20 世纪中国所走过的艰难曲折，以及几代人的奋斗与牺牲，并探讨其中凝聚的价值观对今天的启示。这与那些否定或怀疑 20 世纪中国历史与中国革命的影片，形成了鲜明的反差。

其次，与以往的"主旋律电影"相比，这些"新主旋律电影"具有以下特色：（1）影片的整体基调不是高亢的，或充满乐观主义或浪漫主义的，而是平实自然的；（2）影片的叙述者或主人公是平凡的人或者"小人物"，即使塑造的是英雄人物或模范人物，也力图从平凡人的角度去审视与理解，而不将之拔高或升华，成为不可企及的"特例"；（3）影片所讲述的故事，也都不是惊天动地的大事，而是日常生活中的小事，影片的结构或叙述节奏，也不以某件事为中心，在紧张激烈的情节推进中加以展示，而是以散点式的叙述，在舒缓平静的语调中娓娓道来。这些特色是"新主旋律电影"所独有的，但这并不意味着对以往"主旋律电影"的否定，而可将之视为新时代的一种继承或发展，一种适应当前观众审美方式的变革。而且从"主旋律电影"到"新主旋律电影"，也有一个发展的过程，在 1990 年代中期的《离开雷锋的日子》等影片中，我们已经可以看到"新主旋律电影"的某些特色或因素，但这在当时并没有形成一种"现象"。

在以上的基础上，我们再来具体分析一下《铁人》。这部影片从现在与过去两个不同的时空，讲述了"铁人"王进喜为石油而奋斗拼搏的精神，以及今天应如何看待这一精神的问题。影片在两条线索上展开，一条线索是"铁人"和他的队伍从玉门转战大庆，为石油而艰苦创业的故事。故事主要在铁人和他的徒弟们之间展开。另一条线索是如何认识过去的奉献精神的问题。故事主要在两个石油工人刘思成与赵一林两人之间展开。刘思成是单位的业务标兵，他沉默寡言，除了拼命工作，就是像追星族一样收藏"铁人"的纪念品，他的朋友赵一林对刘思成的生活方式感到不解，也很看不上，而以更"潇洒"的方式生活：不认真工作，追女友，追时尚等。影片通过他们两人生活态度的对比，让人思考如何看待"铁人"精神的问题。这两条线索，通过刘思成联系在一起，刘思成的父亲刘文瑞是"铁人"的徒弟，"铁人"对他颇为器重，但他在三年自然灾害中忍受不了饥饿，逃回了家乡，从此对"铁人"既敬重又愧疚。影片在刘思成父子与"铁人"之间建立了一种复杂的联系，父亲的"逃跑"与儿子的"回归"形成了一种戏剧性的反差，而父亲的"逃跑"与当时其他工人的坚守、儿子的"回归"与周围工人的散漫之间的"对比"也都具有较强的戏剧性。正是在这多重的戏剧性之间，影片建立起了一个独特的思考空间，也将历史拉入了现实，让我们跟随刘思成的视角，去重新认识与理解上一代人的价值观，及其对今天的启示。

影片并没有将"铁人"塑造成一个高不可及的模范，而是通过他的行为方式，他为人处世的态度，他对待工作的热情，在平凡的生活中展示了这个西北汉子的性格特征，以及一代人的精神风貌。影片中的一些段落具有震撼人心的力量："铁人"演讲的片段，"铁人"跳进水泥池的场面，以及"铁人"去追刘文瑞的情景，都能给人以心灵的触动。而在这一条线索中，广袤的冰天雪地以黑白片的方式呈现出来，简洁而有力，很好地衬托出了"铁人"的精神与风骨。值得一提的是，影片中"铁人"的扮演者吴刚，正是饰演《梅兰芳》中十三燕的管家费二爷、《潜伏》中的陆桥山的演员，这两个角色，一个是精明的奴才，一个是老谋深算的军统特务，吴刚都演绎得颇为出色。但让他去饰演"铁人"是否能够胜任，在看到这部电影之前，观众心里都会有些疑问，但看过影片之后，我们都会对吴刚的表演颇为信服。而之所以让吴刚去饰演"铁人"，或许不仅仅在于他演技的高超，可能也在于导演想通过这个擅长饰演"反面人物"的演员，制造一种间离效果，打破人们对"铁人"、对模范人物的先在的固定观念——无论这种观念是崇敬，还是认为他们已经"过时"——而用一种更为平实的角度去审视、去理解他们。

影片中现实的部分，围绕刘思成的"铁人"情结、他的"沙漠综合征"、他对父亲的情感，以及他和赵一林与一个女孩的关系展开。这一部分的场景是在西北，金黄色的大沙漠之中，是现代化的工厂与办公室，在物质生活上，在衣食住行上，"现在"与"过去"之间有着鲜明而强烈的对比，同样的对比也体现在人的精神上：为什么过去即使在冰天雪地中，人们也会有一种豪情与骨气，而在越来越舒适的今天，人们反倒离这种精神越来越远了呢？这是导演的追问，而这一追问在镜头看似不经意摇过的《石油战争》这本书中，也向我们揭示了另一个向度：在石油资源越来越紧张、竞争越来越激烈的当今世界，如果没有一点"精神"，处于第三世界的中国，将何以生存、何以崛起呢？在这个意义上，"铁人"的时代面临的问题，也正是我们今天所面对的。

在"主旋律电影"中，《铁人》无论在思想还是在艺术层面，都堪称一部佳作，这样的影片无法为更多的人看到，未免可惜。可见今天的问题在于，"新主旋律电影"在制作层面已经取得了创新与突破，但在发行放映层面尚缺乏配套的机制。在即将结束这篇文章时，笔者注意到《铁人》"将重新整合公映"的消息，5月22日又举行了此片的"首映"晚会，推荐与宣传的力度不断增强。希望这不只是针对一部影片的临时措施，而是在发行放映方面改革的开始。只有制度层面上的创新，才能彻底扭转"新历史电影"叫好又叫座，而"新主旋律影片"乏人问津的怪现状，才能使怀疑与否定的风尚与"时髦"能够得到转变，才能使"反思"不至于瓦解现代中国史与革命史的合法性，才能在继承与扬弃中凝聚起新时代的核心价值观，而只有这样，中国电影才能有一个新的发展与新的局面。

（《电影艺术》2009 年第 4 期）

抵达中的逃离，贴近中的遮蔽
——贾樟柯《二十四城记》观后

　　贾樟柯的新作《二十四城记》，展现了一个国营大厂从成都市中心迁走的故事。420厂（成发集团）原是一个军工厂，1958年三线建设时由东北迁到成都，后转为民用。在影片表现的时间中，厂区的地皮被华润集团收购，开发成名为"二十四城"的房地产项目，而厂子则被搬迁到郊外的新址。影片通过对一些工人的采访和故事编排，表现了这个3万多人的大厂50年的风风雨雨，以及独特的工厂文化。

　　影片中最引人注目的，是纪录片与故事片的混合，或者说现实与想象的交织，影片开头采访了两个老工人，通过他们回顾了这个厂的历史以及他们的个人命运，老工人对工厂的感情与奉献，迁到成都后对东北老家的怀念，转产后的窘迫，下岗后的艰难，在他们的表情与言谈中都有较为深刻与细致的表现。在这些现实的部分之外，影片还让吕丽萍、陈建斌、陈冲、赵涛出演，以工人或工人子弟的身份讲述厂子的故事。这部分采用的仍是"采访"与"讲述"的形式，与前面的部分形成了一种呼应，但这些演员的"表演"和故事的"编排"，却又与前面产生了一种疏离，如果说前面的基调是沉痛，那么后面的基调则是"怀旧"。

　　从影片中，我们可以看到不同年龄的人对待工厂的态度，老工人有一种"主人翁"的奉献精神，他们经历过工厂的辉煌时期，心甘情愿地为工厂、为国家付出，但如今他们的处境都不好。中年一代面临时代的转型，在工厂的转产和改革中处于不同处境，因而有不同的态度：陈建斌代表的领导层对昔日的工厂文化充满怀旧；下岗女工只能艰难地自谋生路；陈冲饰演的"厂花"，则在工作与业余生活中寻找着一种微妙的平衡；而青年一代，则对工厂、劳动避之唯恐不及，他们以不同的方式逃离工厂。

　　将纪录片与故事片编织在一起，可以视为作者在艺术上追求自由的一种努力，片中引用曹雪芹、叶芝、欧阳江河、万夏诗歌的片断，并将之直接打在银幕上，也可以做这样的理解（其中或许有影片的另一编剧、诗人翟永明的创意），至少这在形式上是新颖的，也为观众打开了一个想象的空间。贾樟柯在交流中说，他本来是想拍一部纪录片的，但在拍摄过程中改变了主意（正如《三峡好人》一样），引入了剧情和职业演员，拍摄成了现在的样子。应该说贾樟柯想法的转变不无道理，面对3万人的一个大厂，即使采访的对象再多，也很难从整体上呈现整个工厂的历史与现状，因而引入剧情与职业演员，以艺术的方式做一种更概括、更凝练的把握是必要的。但是在影片的创作实践中，职业演员的出现却并没有使影片更典型、更丰富地表现出工厂的转变以及工人在这一转变中的处境与心态，而是以他们的才华与风格化的表演，将影片引入了歧途。在这里，艺术不是更深刻地切入了现实，而是以一种优美的姿态逃离了现实，或者说以艺术的轻盈遮蔽了现实的沉重与残酷，在这个意义上，我们可以将这部影片视作一个具有症候性的样本。

　　或许我们可以分析一下影片不能直面现实的原因。首先，我们会注意到影片的第一行字幕是"华润集团七十周年"，而在出品方里也有"华润置地",也即是说购买了成发集团地皮的华润集团，是影片的投资方之一，那么在影片中就必然不会呈现房产商与工厂、工人的矛盾。而在现实中，在房地产开发所需要的拆迁中，房产商与工厂、工人的矛盾是最为常见也是最为激烈的，作为一种普遍的社会现象也是很典型的。在成发集团地皮收购的具体事件中是不是有这一矛盾，我们不得而知，但我们知道即使有，也不会表现出来，这对影片的真实性与艺术性不能不说是一种伤害。即使在《疯狂的石头》中，我们也可以看到，房产商是如何压低价格逼迫厂方让步的，在现实中这样的矛盾更是屡见不鲜。影片对这一矛盾的回避，甚至美化（开发后保留一个纪念性的建筑），使整部影片看上去更像一个"二十四城"项目的巨型广告，这样说虽然略嫌夸张，但至少我们可以看到资本对艺术的限制，或者说艺术对资本的妥协。作为一种更需要资金支持的艺术形式，电影或许难以摆脱资本的控制，但如何在这种限制中坚持自己的观察与思考，站在民众而不是资本一边，却是一个艺术家所必须直面的问题。

其次，影片之所以能够在成发集团拍摄，深入厂区、车间、小区等成发集团的"内部"，并长期关注整个拆迁的过程，可能也需要与厂方或相关部门的协商（从电视台主持人这一段落的出现，我们可以窥见一些蛛丝马迹），出于厂方的压力或者人情的考虑，影片也没有过多呈现工厂与工人的矛盾。虽然也涉及"下岗"的话题，但只是一掠而过，没有进行深入或集中的探讨。对于工人阶级从"主人翁"到劳动力商品化的过程，以及这一变化中工人的处境与心态，也只有一个粗线条的勾勒，对于现实与学术界最为敏感的"国企改制"问题，影片中没有丝毫触及，当然也可能成发集团没有进行"改制"。我们不是说影片一定要表现这一矛盾，但脱离社会的主要矛盾而力图保留一种"历史感"，则这种历史感必然是虚幻的表象，或者至少是不够典型的。由此，作为中国电影界最有现实感与艺术追求的导演之一，贾樟柯也不能不落后于学界或其他艺术领域，在这方面，我们读读汪晖的《改制与中国工人阶级的历史命运》、曹征路的《那儿》，或者围绕"郎咸平旋风"的相关争论，或许能对国有企业或工人阶级的现实状况有更为深入的了解。

最后，我们要说到贾樟柯的电影风格。由于回避了以上两个矛盾，影片所表现的便只是历史的表层，支撑影片的只是"怀旧"与"个人记忆"。"怀旧"，或者说以影像挽留历史的面目，既是电影的重要功能之一，也是贾樟柯电影风格性的特征，从《小武》《站台》到《三峡好人》，贾樟柯的影片都为我们留下了特定时代或特定地域的典型场景。但在《二十四城记》中，由于对主要矛盾的回避，"怀旧"面对历史留下的只是一种抒情，在"怀旧"中我们抵达了现场却又远离了现场，作者以怀旧的"温情"化解了矛盾的尖锐性。

影片以对七个人的采访作为整个影片的结构，呈现出来的只是分散的个人问题，而没有贯穿性的整体问题。无论是"吕丽萍"失踪的儿子，还是"赵涛"在工厂的母亲，抑或是老工人的"下岗"，似乎都是孤立的个人问题，缺乏一种构思上的整体性。当从个人的角度无法解释历史，也无法解释个人的遭遇时，我们是否可以从更为开阔的视野来审视世界？不同的个人记忆固然呈现了历史的丰富性、复杂性与偶然性，但我们是否可以从整体上认识与表现我们的时代？这或许不仅是这部影片的问题，也不仅是贾樟柯的问题，而是我们这个时代的艺术所遇到的根本问题。

（《艺术评论》2008 年第 7 期）

《一九四二》：温故与知新

　　《一九四二》是冯小刚电影中的一部最新力作。1997 年以来，冯小刚以《甲方乙方》《不见不散》《没完没了》等影片锻造了中国电影中独特的"冯氏喜剧"，并成功开拓了"贺岁"档期。在 2004—2005 年，以《天下无贼》《夜宴》为标志，冯小刚开始转向"正剧"的尝试，并以《集结号》《唐山大地震》等作品形成了成熟的"冯氏正剧"，而《一九四二》可以说是这一系列中的最新作品。与"冯氏喜剧"主要讲述市民生活中的喜剧不同，"冯氏正剧"试图去回应当代中国历史与现实中的重要问题，并在市场与意识形态的双重制约下讲述出独特的中国故事。"冯氏正剧"与"主旋律影片"虽然同样关注现代中国的重要问题，但也有着明显的不同，它更注重市场效果而非意识形态效果，更接近社会主流意识的倾向；而与张艺谋、陈凯歌等人拍摄的"中国式大片"相比，它虽然同样注重市场效应，但并不凌空高蹈，而试图以自己的方式去面对历史与现实；而与李安、吴宇森等海外华人导演相比，冯小刚则更多地以内部的视角来讲述中国人的故事。在这个意义上，冯小刚的"冯氏正剧"开拓了讲述中国故事的一种新方式。

　　在《一九四二》中，我们看到的是中华民族灾难深重的一页。

1942 年，河南遭遇旱灾、蝗灾，饿死了 300 余万人，很多灾民被迫去逃荒，而此时正处于抗日战争最艰难的时期，围绕河南旱灾及赈灾问题，蒋介石政府，河南省政府李培基，军方蒋鼎文，以及日军、美国记者、美国教会人员等，展开了错综复杂的斗争。刘震云1993 年发表的小说《温故一九四二》即以此为题材，以他的故乡河南延津为主要对象，描述了上述复杂的境况与灾民的悲惨处境。这部小说在刘震云的小说中是颇为独特的，在此之前，刘震云以《新兵连》《塔埔》等小说走上文坛，这些小说主要通过个人经历展现对具体生活的体验与思考；在 20 世纪八九十年代之交，刘震云以《一地鸡毛》《单位》《官人》《头人》等作品，在"新写实小说"的潮流中大放异彩，这些作品对中国人独特的生活经验有着深刻而细致的把握，充满了对卑微人生的反讽与黑色幽默。而在《温故一九四二》中，面对如此深重的民族灾难，刘震云不仅改变了他小说中常见的幽默风格，甚至改变了小说的叙述方式本身——这部小说是刘震云小说中最不像"小说"的小说，而之所以不像，并非出于先锋、实验或形式探索的先在理念，而是面对发生在故乡的重大灾难，刘震云表现出了一种敬畏与尊重，他以近乎纪实文学的方式深入现实与历史的现场，为我们勾勒出了这场大灾难的面目。在冯小刚为刘震云新版《温故一九四二》所写的序言《不堪回首，天道酬勤》中，我们可以看到，改编这部作品一直是萦绕在冯小刚、刘震云与王朔心中的重要事情，他们曾数次着手筹备，但终因各种原因下马。而在 2012 年，这部作品终于以电影的形式展现在观众的面前，这不仅圆了他们近 20 年的一个梦，也为我们重新思考中华民族的历史与未来提供了一个新的契机。

　　在电影中，我们可以看到几个不同层面的"世界"，这是差别鲜明、各自独立而又联系在一起的不同"世界"。首先是一个逃荒者的世界，这是众多逃荒者所组成的一幅流民图，电影重点表现了

"老东家"与瞎鹿两个家庭在流亡途中的遭遇,他们饥寒无着,卖儿卖女,一路上还遭到日军飞机的轰炸,为能够活下去而拼命挣扎着;与这一世界形成鲜明对比的是蒋介石的世界,这是一个华丽而庄严的世界,这位当时居住在重庆的中国最高领袖,围绕着他的是中国在盟国中的地位、与美国的关系等诸多问题,在国际与国内高层政治中,发生在河南的灾情在他眼中并非最为重要的问题。在这里我们看到,电影的主创人员并没有对蒋介石进行简单的批判与指责,而是试图进入其内部世界与逻辑,"理解"其现实处境与所作所为,从而在一个更复杂的层面上把握历史的真实。而在我们看到蒋介石的逻辑也有其内在合理性时,那么造成赈灾不力的悲剧原因便得到了更深一层的呈现——不只是蒋介石个人,而是蒋介石政权的根本立场与整个官僚体制的运作方式。而这又涉及我们所说的第三个"世界":河南省政府主席李培基及其下属,与蒋鼎文所率领的国民党部队。在整个国家的结构中,这一层级是直接与灾民打交道的,李培基等人确也为救灾殚精竭虑,但是官僚机构各自为政的弊端,以及有些人以救灾为手段而发财,却导致了救灾的无序,以及对灾民生命的冷漠与无视。我们可以看到,在这里,延续了刘震云《官人》《头人》《故乡天下黄花》《故乡相处流传》等作品中对中国政治生态的批判,在官场的逻辑中,官员首先想到的是自保,对上级负责,以及对付同僚的倾轧,而缺乏对底层民众与公共事务的热情。在这样的境况下,我们可以看到第四个"世界",也就是敌人——日军的世界。在电影中,日军残暴的一面得到了充分表现,对逃荒人群的野蛮轰炸,对剧中主人公之一栓柱的残酷杀害,等等。在电影中提及但在小说中表现得更加充分的是,日军还有另外一面,那就是他们开始赈灾,并且极有效率,这与国民党政府的腐败无能形成了鲜明的对比,这对蒋介石政府形成了巨大的道德与舆论压力,也对当今的读者与观众构成了巨大的情感与精神焦虑:

尽管日军此举包含着明显的战略意图，但对于奄奄待毙的受灾人群来说，是否应该接受来自敌人的救济？——电影有意避开了对这一敏感话题的探讨。第五个"世界"，是以"民间力量"出现的美国记者白修德，以及基督教梅甘神父与中国的传道者安西满，后者在面对如此惨绝人寰的状况，不禁发出了对"上帝"的质疑——如果他知道这一切，怎么会对此无动于衷？而白修德则通过自己的亲身经历，见证了大饥荒中灾民的悲惨遭遇，并将他拍摄的照片呈递到了蒋介石的面前，他以自己的方式尽到了一个新闻记者的责任。

影片将以上不同的"世界"交织在一起，为我们呈现了一个丰富复杂的艺术世界，但这也是一个平实自然的世界，创作者并没有炫技，也极力避免煽情，而是试图以冷静的态度去贴近历史真实。这是一种更加高难度的叙述，影片的真正主角不是"老东家"与瞎鹿，不是蒋介石与李培基，也不是日军或白修德，而是1942年那场罕见的旱灾及其造成的逃荒。如何将这场涉及3000万人的大饥荒表达出来？可以说这超越了一般电影的能力，所以在电影中我们看到了很多"不像"电影的地方——影片没有核心的故事冲突，没有充满波折的情节，也没有充满魅力的主人公，同时色调低沉压抑，这在当今的电影市场上未必能够受到欢迎。但正是在这里，我们可以看到冯小刚、刘震云等主创人员在艺术上的追求，及其对民族历史严肃而深沉的思考。在这里，我们可以将《一九四二》与《唐山大地震》做一下比较，两者面对的都是巨大的民族苦难，但是在《唐山大地震》中主要是自然灾难，影片并有效地将一个民族苦难的故事转化为一种伦理困境及其和解的故事——这是一种中国人易于接受的视角，影片也由此获得了社会与市场上的双重成功；而在《一九四二》中，面对的不仅是天灾而且也是人祸，影片没有将这场巨大的灾难化约为一个"故事"，而试图呈现出当事各方所处的"状态",在不同人生存状态的参差参照中,更加突显出了逃荒者无助、无望的生活状态,同时也对中国的政治生态做了反思性的审视。

发生在70年前的那场大灾荒距今并不遥远,但我们却很少看到对这一事件的钩沉与记忆。生活在今天的人们,似乎已经忘记了饥饿的感觉,但是大部分中国人告别物质匮乏的时代,也不过二三十年的时间,而至今仍有很多人处于穷困饥饿的状态,在这个意义上,《一九四二》的上映,将会使我们更加清醒地铭记我们民族的悲惨历史。但同时,我们也需要反思将历史娱乐化的倾向。在《金陵十三钗》和《南京!南京!》中,面对的同样是我们民族历史中悲惨的一页——南京大屠杀,但在这两部作品中,创作者并没有以严肃的态度去接近历史,相反将之作为消费娱乐的素材,这不仅没有让我们深刻认识民族的苦难,而且挑战了民族情感的底线。与之相比,《一九四二》的创作态度是可取的,影片批判了我们民族的"劣根性"——官僚系统的贪腐、无能与及时行乐,但也让我们看到了中华民族生生不息的生命力,在极端的情境下,那些徘徊在生死线上的底层民众,仍然挣扎着,生存着。但是,在这里,我们需要思考的是,如果中国只是影片中所呈现出来的景象,那么它的出路与前途在哪里呢?影片中没有涉及但值得重视的是,在影片所呈现的中国景象之外,还有另外一种"新"的中国人——克服了盲目求生而能够掌握自己命运的底层民众,以及克服了官僚弊端而能够"为人民服务"的共产党人,正是他们改变了中国的命运,我们可以看到,在1942之后仅仅7年,便成立了"新中国",中国的景象就焕然一新了。但在影片所呈现的世界中,创作者最后将希望寄托在一个老人与女孩携手向前走的温暖画面,这是对中华民族自身生命力的自信——在高层政治人物、日军、教会等不同的政治力量都无法指望时,拯救的力量只能来自于自身,但这里的自信也是无奈与绝望的，是一种"人道主义"，在这里，我们可以看到创作者的主导思想倾向。

最后，一个值得思考的问题是，为什么中国的"灾难片"多表现我们民族历史中的真实苦难，而好莱坞电影则多表现龙卷风、大地震、世界末日、生化危机等虚构或未来的"灾难"？我想这里存在着不同层面的问题。首先，中国自近代以来有着灾难深重的真实历史，这些构成了我们想象与界定自身无法摆脱的因素，只有将这一苦难铭刻在记忆中，我们才能明白我们从哪里来，到哪里去；而对西方国家尤其是美国来说，并不存在如此灾难深重的历史，他们可以更轻松地虚构"灾难"，同时他们处于科技发展的前沿，自认为能够代表人类，因而可以去探索未来可能的威胁。其次，从电影工业的角度来说，好莱坞有成熟的类型影片，"灾难片"作为一种类型影片，已经形成了稳定的生产—传播—接受机制，有相对固定的生产人员与接受群体，有成熟的市场及其需求；而在中国，"灾难片"并没有形成一种成熟的类型影片，不需要按照市场的定制生产"灾难片"，因而有限的"灾难片"只是真实灾难在电影中的反映。这样的不同，也决定了中国"灾难片"与好莱坞的不同：好莱坞影片多在虚构的灾难中突显主人公的英雄主义与核心价值观，以流畅的叙述讲述一个好看的故事；而中国的影片则多纠结于历史与现实、真实与虚构，以及不同政治理想与力量的复杂纠葛之中，很难讲出一个流畅而好看的故事。但唯其如此，我们正可以看到，中国电影不仅是一种商业化的娱乐，而同时具有思想艺术的探索性，以及现实性的启发意义。

"温故而知新"，70 年后的中国已经处于一种完全不同的历史境遇，越来越多的中国人已然远离了关于饥饿的记忆，但是我们应该记住历史中这悲惨的一页，既警示自己，也昭示未来。我们需要警醒造成这一惨剧的原因，以避免在历史的曲折中再一次重蹈覆辙；

我们需要向那些曾经向我们伸出援手的人们感恩，是他们在我们孤苦无告时给了我们希望与力量；我们需要善待那些和我们处于同样困境的人们——至今仍处于饥饿状态的人们，向他们伸出援手，并尽自己所能给他们以帮助。在这个意义上，《一九四二》是一部警醒之作，一部感恩之作，一部启示之作，它已然超越了一部单纯的影片，而将历史与现实的思考带入了当代中国的文化界与社会大众，让我们去重新反思历史，开创未来，我想电影的主创者近 20 年的执着追求是值得的，而这部影片也必将为未来的电影史所铭记。

（《电影艺术》2013 年第 1 期）

我们能否重建一个新的价值世界？

　　我们生活的这个时代，中国处在巨大的转型之中，30 年来，我们所经历的是激烈而又全面的社会变革，这在中国历史上是前所未有的，在世界范围内也是绝无仅有的。不仅最近 30 年，从 19 世纪中期以来，我们中国不仅经历了艰难而曲折的历史，中国人的价值观与道德伦理观念也发生了天翻地覆的变化，从晚清的"三纲五常"与传统伦理，到集体主义、理想主义与社会主义，再到以金钱为核心的价值观，在短短 100 年的时间中，我们中国人的内心世界发生了那么激烈的转变，可以说每个置身其中的人内心都是动荡不安的，每个人都有着独特的"心灵史"。在剧烈的社会变革中，很多曾经坚信不疑的人生信条都已成了明日黄花，而在纷繁复杂而又瞬息万变的社会现实之中，我们究竟该相信什么，该怎么说与怎么做？我们如何将那些价值的碎片重新凝聚为坚定的价值观？这不仅需要我们重新梳理我们的心灵史，而且需要我们在面对现实的基础上进行分析、思考与选择，这对于个人来说，是一个寻求内心安宁的过程，而对于一个国家来说，则是一个重新凝聚民族精神的过程。影视剧作为我们这个时代最重要的艺术形式之一，既是我们这个时代心灵生活的表现，也塑造或影响了大多数人的价值观念，我们可以从影视剧入手，探索一下我们这个时代的心灵问题。

一、传统价值观的瓦解与重建

以儒家思想为核心的传统伦理价值观念，是传统中国的国家意识形态，数千年来塑造了中国人的内心世界，也是社会秩序与人生行为的基本准则。五四新文化运动以来，以"忠孝"为主要内容的传统价值观念受到了强烈的冲击，皇权观念、家族观念、等级观念，以及对妇女的歧视等传统文化中的弊端得到了批判与改造，"自由、平等、博爱"等来自西方的观念注入到了现代中国思想的内部，中国人的心灵世界与现实生活发生了巨大的变化。但是另一方面，我们中国人的价值观不可能全盘西化，传统文化中的精华部分也需要继承与转化，比如在去除了忠君思想中"皇权观念"的因素之后，我们仍然需要爱国主义与民族精神，在去除了"家族观念"中的压抑性机制之后，我们仍然需要家庭内部的和谐与人情的温暖，在去除了"等级制"中的尊卑观念之后，我们仍然需要稳定的社会秩序与各司其职的职业伦理。在这个意义上，我们需要重建一种既"现代"又"中国"的新文化与新价值，这种新文化既不同于西方文化，也不同于传统中国文化，而是在批判继承的基础上融汇创新出来的"新的中国文化"，可以说这样的"新文化"尚需要我们去创造。

在陈凯歌的《赵氏孤儿》中，我们可以看到他对"忠"这一传统价值中核心观念的质疑与反思。在影片中，程婴的救孤行为带有相当的偶然性，他既非赵朔的门客，也不是行侠仗义的英雄，只是出于一个医生对庄姬遭遇的同情和对无辜婴儿的悲悯而施以援手，程婴几乎是被动地卷入了这段历史，他也没有想到这会使他付出妻儿生命的惨痛代价。影片以现代的人道主义与个人主义改写了这个传统的忠义故事，让我们看到了历史的偶然性以及程婴、屠岸贾与赵孤的复杂关系与命运悲剧。我们可以看到，陈凯歌试图讲述一个可以被当代观众所理解的故事，但是对历史复杂性的表现，也让我们看到了"忠"的偶然性及其作为一种价值观的脆弱性。

在陈可辛的《投名状》中，我们看到的是一个兄弟相残的故事，在传统的伦理观念中，"义"作为一种兄弟关系与江湖道义具有天然的合法性，但是在《投名状》中，我们看到的正是这一道义被践踏与撕裂的过程。姜午阳、赵二虎本为草莽，在一次争斗中与庞青云结识，三人惺惺相惜，结为异姓兄弟。不料日久生变，赵二虎的妻子莲生爱上了大哥庞青云，庞青云也对莲生心生爱慕。不久后，庞青云升为两江总督，欲望逐渐膨胀，变得心狠手辣。他的道德防线也逐渐崩溃，霸占莲生，还要对兄弟下手……影片在三兄弟自相残杀的过程中，展现了"义"的伦理观以及江湖世界的崩溃。

吴宇森的《赤壁》改编自我们熟悉的三国故事，但影片改变了故事的结构，使这一故事更像是一个西方的海伦故事和"特洛伊"故事，而在价值观层面，影片虽然没有颠覆"忠义"的传统，但对男女之情与兄弟之情的过度渲染，使影片的表达较为错乱。此外《关云长》重点表现的是关羽的勇武而非"忠义"，《战国》以一个女人的爱情结构孙膑和庞涓的故事，都显示了对传统价值观的疏离或隔膜。

在当前的电视剧中，家庭伦理剧的兴盛可以说是一大特色，《金婚》《中国式离婚》《媳妇的美好时代》《老大的幸福》等一系列电视剧的热播，让我们看到了传统价值观念在当代的继承与转化。这些电视剧所注重处理的是父子、夫妻、兄弟、婆媳等伦理关系，对伦理关系的重视是中国文化的重要特点，但是与传统文化的伦理规范相比，这些电视剧中所表现的伦理也呈现出了新的特点：（1）伦理关系已经大为简化，如果说传统伦理规范是以"家族"为单位的，那么当今的伦理主要是以"家庭"为单位的，现代的伦理关系已很少再关注妻妾、主仆、妯娌以及家族兄弟关系，这当然是社会发展与变化的结果；(2) 伦理关系注重平等，强调"相互理解"，与传统文化中强调"父为子纲、夫为妻纲"的不平等关系不同，现代伦理关系强调家庭内部人与人的平等；(3) 伦理关系与当代社会结构密切相连的复杂性，在城乡二元社会结构的两端以及不同阶层的人群中，遵从着不同的伦理与价值观念。

我们可以看到，传统的价值观念在今天处于一种复杂的状态，"忠孝仁义"的价值世界已经分崩离析，我们需要在当代社会的发展中，汲取这些价值碎片的合理性因素，重建一种新的文化与价值体系。

二、如何重新讲述革命的故事？

20 世纪的中国革命不仅极大地改变了中国的命运，将中国从一个落后、挨打的旧中国熔铸为一个独立自主的"新中国"，而且极大地改变了中国人的内心世界，理想主义、集体主义与社会主义曾经塑造了几代人的世界观与价值观。但自 1980 年代以来，伴随着"告别革命"的思想浪潮，20 世纪中国革命所凝聚的价值与信仰却逐渐黯然失色。在复杂多变的世界格局与中国情势下，如何汲取革命传统的核心要素，凝聚成我们新的民族精神，是关系到未来中国命运的重要问题。

"主旋律影片"一直试图重新讲述革命的故事，但如何在革命故事与当下生活之间构成一种有效的连接，从而使革命传统参与当下精神生活的建构，却是一个尚未得到很好解决的问题。近年的《张思德》《铁人》等影片在这方面做出了有益的尝试，但是这些影片在市场上发行不利的状况，也使之并未真正走入公众的视野。《建国大业》《建党伟业》等"主旋律大片"，以"大片"的方式运作，在市场上取得了极大的成功，但是影片独特的题材、垄断加市场的制作模式却使之难以复制，另一方面，影片的商业化运作也削弱了其历史与价值内涵。

姜文的《让子弹飞》可以说是一部以隐喻的方式讲述革命故事的影片，影片讲述了革命起源的合法性，革命的狂欢化过程以及革命之后"革命者"无奈的处境。影片极具创作者个人的风格化色彩，以及"第五代"电影人擅长的隐喻、夸张、变形的艺术形式。但是影片将主人公设置为一个具有草莽英雄气质的土匪，并极力突出其个人英雄的形象，因而更多的只是表达或宣泄了一种情绪，而并没有触及"革命"的深层次问题，但就隐喻所达到的效果而言，我们可以说此部影片是对革命传统的一种抽象性继承。

姜伟的电视剧《潜伏》不仅创造了收视市场的奇迹，也是重新讲述革命故事的一部力作。《潜伏》的创新之处在于，它既以曲折动人的故事讲述了革命者的信仰，又找到了一种当代观众可以接受的方式，这一方式的主要特点在于：（1）谍战题材的悬念与戏剧性；（2）办公室政治的明争暗斗；（3）"夫妻"二人的反差及其喜剧性。《潜伏》是一部从正面讲述革命者的信仰并获得成功的电视剧，这在当代是极为罕见的，而其成功恰恰在于对上述三个特点的出色运用。从这一角度我们也可以反思我们这个时代的价值观念，尤其是"办公室政治"的接受视角，在网络上曾有广泛的讨论，后来还曾出版过《"潜伏"在办公室》等实用性书籍，教人如何以"潜伏"的方式在办公室竞争中获胜。我们可以看到，如果说在《潜伏》中，办公室政治只是实现理想与信仰的一种斗争方式，那么在当代社会的接受中，"办公室政治"则脱离了理想的光照，而成了一种实用性的"尔虞我诈"的技巧，这一方面反映出我们这个时代理想与价值观的缺失，另一方面也折射出微观的权力斗争已构成了很多人的生存方式与人生目标。

在这样的时代，我们是否能够理解理想与信仰，或者说，我们是否能够重建一种整体性的价值观？如果我们需要重建，那么我们就必须重新审视革命传统及其凝聚的价值观，我们需要尊重并理解历史，并在现实的基础上寻找到一种重建的方式。

三、现实中的精神与道德困境

如果说《潜伏》"办公室政治"的接受视角折射了当代社会对权力斗争的想象，那么在以反腐倡廉、打黑除恶为题材的电视剧中，则更加展现了现实中权力斗争的严酷性，在《抉择》《大雪无痕》《省委书记》《浮华背后》等电视剧中，我们可以看到正反面人物的尖锐斗争，以及以正面人物胜利为结束的乐观结局。这一类电视剧不仅满足了观众渴望看到"内幕"与"真相"的心理，而且塑造了他们对政治斗争的想象。

电视剧《蜗居》向我们讲述了当代现实中的精神与道德困境。剧中的郭海萍夫妻感情甚笃，但因钱少难以在江州买房，只得暂住弄堂。海萍极力想改变困境，但苦于房价压力，即使生下一个女儿，也只得送回家乡由父母代为抚养。海萍的妹妹海藻大学毕业后，与公司职员小贝相恋，两人也感受到攒钱买房的辛酸。因为工作关系，海藻结识了市长秘书宋思明，后者对她一见倾心，并多次帮助海藻及其姐脱离困境。海藻为了报答，跟他有染，一发而不可收。期间，海萍曾多次劝说海藻，不要辜负小贝的一片痴情，但是海藻为了帮助姐姐达成心愿，还是委身于宋思明，做了他的情人。《蜗居》以当前的高房价为切入点，展示了一个女孩为生活所迫，放弃了自己的恋人而去做官员情人的过程，这是一个扭曲与异化的过程，也是一个向现实屈服的过程。《蜗居》向我们揭示出，以"个人奋斗"与"自由恋爱"为核心的现代价值观在社会中已经濒于破产。

电影、电视剧《杜拉拉升职记》都来源于同名畅销小说，徐静蕾版的电影只是提取了小说中的核心元素，王珞丹版的电视剧则相对完整地呈现了小说的内容：以杜拉拉在世界 500 强公司——DB 公司——的升职经历及其爱情故事为主线，描述了一个白领的奋斗过程。这一作品的独特之处，在于其价值观是建立在"升职"基础上的，而"升职"除了地位的变化，还有一个重要的标志是薪水的增加，从月薪 3000 到 6000，再到 1 万，再到年薪 23 万，可以说这是一种以金钱为核心的价值观。另外值得关注的是，小说《杜拉拉升职记》不仅仅是讲述故事，而是在讲述故事的过程中不断总结杜拉拉的成功经验，具有"实用性"的价值。因而此书的畅销也向我们展示出，精神性与艺术性的文艺探索在社会领域已经越来越少人问津，而具有实用性的书籍则大行其道，或许这也显示了我们这个时代价值观的一个侧面。

与《杜拉拉升职记》等"职场小说"相类似的是"官场小说"，这类小说也是畅销书市场的一个重要类型，近年来每年推出约 200种，但较少改编为影视剧。我们在宫廷戏、穿越剧的忠奸斗争、妻妾争宠之中，也可以发现中国人的"官场智慧"或者计谋与机心，这类作品大多围绕权力与地位展开斗争，权位本身就构成了他们的最终目标，缺乏一种更加开阔的精神上的追求与价值观。

以上我们大体勾勒了影视剧中所存在的价值观及其中的问题，"一切历史都是当代史"，我们讲述的所有故事也都是当代经验与想象的投射。在整体上我们可以看到，我们这个时代的价值观是支离破碎的，在历史与现实的剧烈变动中，我们尚未形成一种能被普遍接受的具有恒定性的新型价值观，我们仍然处在历史的巨大转型之中，我们仍然需要继续探索。

（《电影艺术》2012 年第 3 期）

下　辑

思想管窥

当今时代，知识分子何为？

—— 重读陈思和《就95"人文精神"讨论致日本学者》

    1993—1995年的"人文精神"大讨论，是中国知识分子在八九十年代之交短暂失语后重新发声的尝试，也是急剧市场化进程中人文知识分子的一种失落与反应。这一讨论涉及传统、道德、职责等诸多层面，但始终以"知识分子"问题为核心，其中心问题在于面对剧烈的社会转型，知识分子该如何自救，如何确立自己的位置，进而探讨如何在社会中实现自己的价值，或者说如何在社会中发挥自己的作用。

    正是在这一问题上，"人文精神"的提倡者与批评者产生了激烈的分歧。提倡者试图通过这一讨论，重新确立知识分子的先锋位置或社会发展的精神向度，以应对越来越世俗化、市场化或消费化的社会转型。批评者的意见各不相同，以王蒙为代表的老一代知识分子，对社会发展的世俗化、市场化倾向持一种肯定态度，并对"人文精神"所可能暗含的专制主义或蒙昧主义不无警惕；而以张颐武、陈晓明为代表的新锐学者，则以"后学"的思想资源与知识背景，对"人文精神"进行了去中心化的"解构"；而以王朔为代表的作家或者学者，则结合他们"下海"的实际，对人文精神的

"空谈"或不切实际表示了某种轻视。这一讨论又与稍后发生的王蒙、王朔及张承志、张炜等人的激烈论争纠结在一起，成了当时的知识界或文学界广为关注的话题。

在提倡者内部，对这一话题也各有不同的思考，这虽然部分是由于专业知识背景的不同，但也与他们彼此之间问题意识、自我意识或身份认同密切相关。在陈思和《就95"人文精神"讨论致日本学者》的两封信中，我们可以鲜明地看到他对"人文精神"的理解，以及他对这一讨论的态度。前后相隔一年左右的两封信，也显示了作者不同时期对这一话题思考的侧重点的不同。

在第一封信中，陈思和首先指出："提出人文精神寻思的话题，从远处看可以反思知识分子主体意识失落的历史过程，近处说是对知识分子当前自身处境的讨论和反省，不管它的提法对与不对，它确实触及当前一个知识分子普遍关心和思考的问题。"从这一理解出发，他对一些反对意见或"误解"进行了分析，这些意见主要有："知识分子在当今社会只要做好自己的学问就够了，何必再来谈什么人文精神"，而谈论本身则是在争夺"话语权"；"提倡人文精神要站在现实的土壤上，不能说空话唱高调"；"提倡人文精神只是对当前知识分子处境的反应"。在批评的过程中，陈思和进一步阐明了他所理解的"人文精神"，"提倡人文精神，就是应该提倡知识分子振作起在现实的各种压力下日益萎缩的现实战斗精神，至少在社会风气的层面上为保护人的权利和尊严而斗争。""在现阶段的中国，只要不是装糊涂，身处其文化环境中的人大概都会明白我们倡导的人文精神是什么。一种人之所以为人的精神，一种对于人类发展前景的真诚和关怀，一种作为知识分子对自身所能承担的社会责任与专业岗位如何结合的总体思考。"

如果说在第一封信中，陈思和谈的较为抽象，那么第二封信中讨论的问题则更为具体，他主要就讨论是否"空疏"的问题，与王蒙的"误解"及"实质性分歧",以及张承志、张炜的"道德理想主义"做出了自己的分析。与王蒙的争论虽然有误解,但他认为,"王蒙这种担忧和批评的本身,则反映了他一元化的思维立场。"同时他也指出,"假如我们把张承志、张炜等人的文化批判都称为是一种道德理想主义,那首先应该在这个词里剔除原有的意识形态气味,把人类的道德理想还原成一种多元开放、充满生生不息的原始正义的局面。"而他的理想是,"除了庙堂的立场外,还有知识分子自己的立场、民间的立场,都可以作为价值多元的基础。我觉得,作为一个知识分子首先不能放弃独立思想的权力,其次不能因为顾忌现实环境而放弃表达自己思想的权力,只要这种实践不被外界的粗暴干涉而中断,它慢慢地可能会产生出一个多元的文化批评格局,这应该是知识分子通过努力实践所能争取到的理想的文化空间。"

陈思和的分析是建立在一系列二元对立之上的,如庙堂/民间,广场/书斋等,而正是在这一组对立之上,陈思和艰难地选择着自己的立场,那就是在书斋中进行"广场"的事业,以专业化的知识从事社会意义上的"启蒙"。这是陈思和为知识分子或者说是为自己的"定位",这是他所理解的"岗位"意识,如陈思和所说的,"我所说的重新确定知识分子岗位,也就是着眼于知识分子面对经济大潮怎样使人文理想在自己的工作岗位中贯穿起来,决无有些朋友望文生义地把它解释成'退回书斋'的意思。"从陈思和后来所从事的教学、出版、办刊等研究与实践工作中,我们可以看出他大体坚持了最初的设想。

但是从今天的视角来看,在陈思和的信中或者说在"人文精神"讨论中,似乎尚缺乏一种更为开阔的理论与历史的视野,他们仅就知识分子讨论知识分子,或仅就人文精神讨论人文精神,却并没有在知识分子与其他社会阶层的相互关系中,推进这一话题的深入。在90年代初,两个明显的社会现实没有进入他们的视野,从而使这一讨论显得有些远离实际，一是工人大规模下岗、农民工大量进城，二是知识分子的"待遇"得到大幅度提高，以及这两种不同方向的变化造成的"分野"。如果从当代史的角度来看，在新时期之初，知识分子所要争取的是成为"工人阶级的一部分"，而在90年代初，知识分子无论在精神上还是在物质上，都已经脱离了"工人阶级"，而逐渐"精英化"，成为一种特殊的社会阶层。伴随着这一转变的，则是知识分子的科层化与专业化，是对"学术规范"与"岗位"意识的强调。如果说在90年代初这一趋势尚不明显，那么在10多年之后的今天，我们可以更清晰地看到问题之所在。当今学界的弊端首先在于，一部分学者站在权势者一边"昧着良心"说话，成了所谓的"铁三角"之一。其次在于研究内容的空洞，与社会现实与思潮的演进脱节。而在学院内部，学者的等级化、"行会"化、裙带化更是明显的事实，"名人"与"小人物"之间；导师与学生之间，甚至上一级学生与下一级学生之间，有着强烈的等级区分，一些占据了更多社会、文化资源的学者，站在学术等级的顶端"呼风唤雨"，而更多的"小人物"则被学术与社会的等级所压制，看不到被认可或承认的希望。从这里可以看出，如果不能对知识分子内部的结构性变动，及其在社会整体中的变化有一个清醒的定位与认识，那么单纯讨论知识分子或"人文精神"问题，无论是"救赎"还是"自救"，都并不能抓住问题的关键所在。

陈思和在第一封信中指出，"不管社会允许人类在选择自己的生活方式方面拥有多大的自由，人类总是有一些基本的生活原则是不可摧毁不可动摇的。"但是这些"基本的生活原则"是什么，与"人文精神"有什么联系与区分，却并没有在文章中得到充分的展开，而这一点恰恰是需要讨论的。在不同的时代，不同的文化与思想视野中，这些"基本的生活原则"是大不相同的。在传统中国，"天不变，道亦不变"，"三纲五常"作为基本的生活原则是"不可

摧毁不可动摇的",而在今天的我们看来却并非如此。但是对于我
们来说,最大的问题也在于,如何确认一些基本的生活原则或者
"核心价值观",而这并非是伴随着1990年代初市场经济而出现的
问题,而是传统中国的现代转型中必然要出现的问题,剧烈的市场
化只不过从一个侧面强化了这一问题。晚清以来,新价值观与旧价
值观、西方道德与中国道德、公共道德与私人道德之间互相矛盾的
标准,使任何一种"基本的生活原则",在另一种原则看来都是可
疑的。巴金的《家》可以说是体现了新旧价值观矛盾的一个重要作
品,对于书中的觉新来说,他既有对"新文化"的追求,却不能摆
脱家族意识中"长子长孙"的责任感,既有对新式恋爱的向往,却
无法拒绝"父母之命、媒妁之言",因而成了一个"历史中间物",
集中体现了时代的精神症候。而在这个意义上,我们可以说毛泽东
的"老三篇"(《为人民服务》《纪念白求恩》《愚公移山》),是将传
统中国的价值观与现代价值观结合起来的一种成功尝试。在这三篇
文章中,我们可以看到传统的以"修身"而达致"平天下"的内在
逻辑与宏大抱负,这是一种新型的价值观念,即以阶级意识为核心
的国际主义视野与"毫不利己,专门利人"的人格理想。

可以说,我们今天仍处于晚清以来剧烈的变动过程中,尚未
形成一种稳定的"核心价值观",因而我们需要考察不同历史阶段、
不同思想体系的"基本生活原则",并在此基础上结合现实进行融
合创新。而任何一种抽象的观念,"三纲五常"也好,"人文精神"
也好,某一种"道德理想主义"也好,都只能成为考察的对象或者
思想的资料,而不能成为一种"绝对律令"。然而对于知识分子来
说,这也正是他们面临的困境,置身于一种变动的现实和矛盾的价
值体系中,究竟是该坚守过去的观念,还是该在融入中"创新",
是一种两难的选择。而"人文精神"论题的提出,在某种意义上可
以说是对这一困境的揭示。如果回到"人文精神"讨论的语境,我

们可以发现人文精神的"对立面"在于两方面，一是正在迅速世俗化、商业化的社会现实，二是对这一现实持辩护、认同态度的不同思想。可以说正是现实层面的变动，引发了关于思想层面的争论，而"人文精神"讨论的层面更多地陷入后者，而缺乏对社会现实的深入观察与思考，因而也无法提出更具建设性的思想。同时也因为受限于1980年代的新启蒙主义视野，对一些思想与政治遗产不假思索地拒绝，也使讨论可能达到的深度受到极大的限制。

　　在陈思和的文章中，我们可以看到"人的权利与尊严""人之所以为人的精神"等词句，并直接将"人"与"人类"联系在一起，这是一种较为典型的"自由主义"的言说方式，也因袭了1980年代人道主义讨论的一些思维方法。在这里需要讨论的是两个问题，首先是这一方式抹去了人与人的差异，遮蔽了阶级性的视野。具有讽刺意味的是，在社会分化最为剧烈的时期，阶级分析这一方法却丧失了解释现实的合法性，或者可以倒过来说，正是阶级分析这一方法失去了解释的有效性，社会分化才得以以一种更为剧烈的方式推进。在陈思和的文章中，也曾从正面的角度提及"马克思主义的批评方法"，但主要限于分析、说理的思想态度，并没有以这一思想框架对现实做出分析，因而缺乏一种更为深入透辟的思想穿透力。另一方面，将"人"与"人类"直接联系起来，而忽略了其中"民族国家"的因素，从而将世界理解为"平"的，则忽视了作为一种"结构"的世界体系，那么对世界与"人类"的理解则不但是非现实的，而且是非历史的，从而只能在某种抽象的层面言说，而无法切入到当代社会最为核心的问题。

　　在以上两封信，以及收入《人文精神寻思录》的另一封信中，陈思和反复强调的是知识分子的"独立性"，在陈思和看来，这种"独立"是知识分子的可贵品格，也是知识分子之所以为知识分子所不可缺少的素质。然而，这种"独立"也可以分为不同的层面，首先是相对于"政治"的独立，其次是相对于世俗生活的"独立"，再次是相对于其他知识分子或思想体系的"独立"，如我们以上所引的，陈思和的理想是一种"多元"而相对独立的文化场。如果按照文化场或文化政治的逻辑，则任何一种思想都不可能是完全独立的，它必然受制于一定的文化场与文化政治，也必将对之产生影响，而一个学者或知识分子的价值与文化理想也体现于这种影响的大小，所以完全的"独立"只能是一种想象。按照葛兰西对"有机知识分子"的界定，知识分子的表达必然代表着某一阶层或集团的利益，不管他意识到与否；而按照萨义德的说法，一个知识分子的价值，也恰恰在于在"边缘"或"夹缝"中发出自己的声音。如果考察一下现实，我们就可以更清晰地看到，那么多精英学者，尤其是经济学家是那么毫无顾忌地站到了权势者的一边，无论是国有企业改制，还是房地产问题，都在睁着眼说瞎话，在"忽悠"全国人民，他们的"独立性"和学术的客观公正又在哪里？又有谁站在底层的立场上，表达出了底层的心声？从另一个角度来说，一个个知识分子的"独立"或许正是他们所希望的，正如他们以眼前利益轻易地瓦解了农民与工人的阶级意识和组织一样，所以对于知识分子的"独立"，我们也不必一味赞美，而必须将之放在知识分子与国家、与"新意识形态"、与工农群众的关系中，做历史与结构性的考察。在"全球化"的时代，跨国资本控制着世界体系，而改变的希望与可能在哪里，对于中国尤其是底层来说，是否有一个新的契机？在这种情境下，知识分子又该做些什么？从这样的问题视野出发，我们重读10多年前的这场争论，发现在当时的语境中尽管提出了一些问题，但还是不够的，在新时期我们必须将这些问题的追问不断推向深入。

《天涯》2009 年第 6 期）

钱理群的"双重反思"

一

在《我的精神自传》中，钱理群结合自身的经历，对自己20多年来的治学思路进行了梳理与反思，在这里，我们看到的是"双重性"的反思，这包括以下三个层面：首先在时间上，这些反思包括80年代对50—70年代的反思，同时也包括90年代中期以来对80年代的反思。这些反思是在一些思想命题中展开的，比如知识分子独立性与主体性问题，知识分子和民众关系问题，关于启蒙主义、理想主义以及思想与行动的关系，关于人性论与个人问题，等等。其次，是对自身所处位置的反思，即对体制与民间、中心与边缘之间的双重性反思。再次，是对当前思想立场的反思。钱理群对自由主义与"新左派"同样持一种双重性反思的立场，他既对50—70年代的激进思潮持一种批判性的态度，同时也意识到了80年代对50—70年代的批评遮蔽了一些有价值的东西，从而试图结合新的社会现实，在现实中艰难地确定自己的思想立场。

正因为有了这种"双重性"的反思态度，钱理群的立场是复杂而暧昧的，他对某一种思想立场并不是完全肯定的，他清楚这样单纯的立场将会造成某种遮蔽，因而他试图在两种相对立的思想立场中，或一组相对立的思想命题中，持一种既赞成又不完全赞成，或既反对又不完全反对的态度。以启蒙主义为例，钱理群反对启蒙主义，因为他意识到了启蒙主义背后的精英意识与权力关系，同时他也反对完全"否定启蒙"，因为他认识到在当前中国的现实中，现代性启蒙的诉求仍有其合理性，因此他所选择的思想态度是：在认识到启蒙主义本身的不足并加以反思的同时，仍坚持启蒙的必要性。在这里，我们看到了一种值得尊敬的思想态度，他的真诚使他不回避问题与自己的不足，但他同时又对不同的立场持一种反思性的态度，而这正是一个知识分子应该坚持的。

与简单地肯定50—70年代激进思潮的人们相比，与仍在坚持80年代新启蒙主义的人们相比，钱理群的思想态度无疑是值得肯定的。因为与前者相比，钱理群不回避历史问题及其带来的经验教训，而与后者相比，钱理群对现实社会问题的变化更加敏感、更有切肤之痛。需要指出的是，如果说80年代以来，大多数知识分子持新启蒙主义的思想立场，那么90年代中期以后，伴随着中国现实中出现的新问题，能够突破这一思想框架与个人思想局限的人，在学术界尤其是文学界是颇为少见的，钱理群能够做到这一点极为可贵，这与他的经历、性格与自我意识是分不开的，我们在书中也能清楚地看到。

另一方面，钱理群的"双重性反思"，是在自由主义与左翼思想内部展开的。我们可以看到，他更多是在80年代以来的思想框架中加以反思的，而对于左翼思想及其提出的命题，他只是有限度地加以认同，而不是将之作为思考的起点与方法，这或许与他的个人经历有关。但没有将80年代以来的思想框架"相对化"，则限制了他更加开放性地将二者加以"切磋"的可能性。同时他没有在更广阔的思想视野中对这两种现代思想本身进行更为深入的思考，而只是在二者之间保持一种复杂的态度。这虽然是必要的，但也造成了他所说的"犹疑不决"，而这不只是他一个人的问题，也是当前思想界与学术界面临的重大问题。解决这一问题，可能需要一种思想与学术"范式"的转换，需要我们提出新的思想命题，并以一种新的方式来面对与解决，在这个意义上，我们可以将《我的精神自传》视为这一"范式"的萌芽，它的成就与不足都在启发我们做更为深入的思考。

二

在这本书中，钱理群的思想方法值得我们注意，从"知识分子自我独立性与主体性问题""知识分子和民众的关系问题"及随后的几章中，我们可以看到他的思想方法：他最初提出的命题是特定时代的命题，是对"文革"的一种反思。但随着时代的转换，他反思的角度和重心也在不断地发生变化，这一命题与社会现实的关系及其内部的丰富性也被发现，但对于不同时代两个"极端"的反思，并未使他轻易地走向"中庸"或者黑格尔所谓"合"的命题，而是将自身的矛盾、分裂之处呈现出来。

在这里，我们可以看到，钱理群提出命题并进行思考的方法，是一种"心灵辩证法"，而这大体有以下几个因素或特点，我们试略加分析。

首先，他的思想命题的提出与思考是和时代密切相关的，并且随时代的变化而不断深入。但另一方面，现实永远是"漂浮的土地"，这也就决定了他的思考与认识永无止境，并会不断摇摆、转变，但真诚的态度使他对自己思考的有限性有一种清醒的意识，对内在的矛盾、变化也持一种敞开的态度，这虽然有时使他"犹豫不

决",但也让他的思考保持着一种开放性与及物性。鲁迅先生曾将
没有内在逻辑的思想变化称之为"流氓",但一个真诚的知识分子
只要没有"僵化"或止步不前,就必然会不断地"变",不断突破
自我与时代的"框架",在一种思想的紧张中不断丰富和发展。

其次,钱理群的思考与个人的体验紧密相连,不仅《我的精神
自传》如此,其他学术著作也是如此,这使他的写作充满了激情,
有一种切身的亲和力。但是个人体验在多大程度上能代表公共或集
体经验,他所处的知识阶层、城市、大学的局限性如何能被有效地
克服?这是一个重要的问题,或许也是钱理群尤其注重贵州经验,
以及去中小学讲鲁迅,与"民间思想者""青年"保持联系的一个
理由,虽然这不能完全解决此问题,却也是一个"知识分子"所可
能做到的最好的了,这也是钱理群受到广泛尊重的原因之一。与此
相关的另一个问题是,个人的经验或体验本身也不乏局限性,理
论、"乌托邦"或者"客观规律"往往是超验的,或许不是某个个
人所能体验或印证的(所谓"不以人的意志为转移"),在《我的精
神自传》中,钱理群对"乌托邦"与理想主义有一种复杂的思想态
度,对个人体验的有限性与有效性也有所反思,但从总体上他更接
近于顾准意义上的"经验主义"。如果我们将之历史化,可以视为
一代知识分子理想破灭的产物,那么新的理论与理想、新的思想方
法是否可能,如何可能?

再次,他对问题的思考有一种开阔的历史视野,而这种历史首
先是 20 世纪中国文学史、思想史,而在其中,对鲁迅的思考则贯
穿了他研究的始终,这既是"专业"的需要,更是一种精神上的契
合与接近。对鲁迅与 20 世纪知识分子精神史的深刻理解,使钱理
群对现实问题的思考都有一个思想背景,如上文所说,是在自由主
义与左翼思想内部展开的。在这里,值得思考的一个问题是,他对
保守主义或传统文化很少展开讨论,或许对他来说这并未构成思想

上的紧张或精神上的"问题"，在这个意义上，我们可以说钱理群延续了五四新文化运动的"态度同一性"，对传统文化所包含的等级关系、专制主义有一种天然的反抗，但同时对传统的精华或者说中国的政治思想文化传统尚缺少一种"同情的理解"。另一个有趣的问题是，在自由主义与"新左派"的论争中，钱理群并不认同于任何一方，而之所以如此，并非是由于内在的"矛盾"使他左右为难，而是在他看来双方都是想在"体制"内争夺"中心"的话语权，而他则更认同于边缘、民间的位置。不过从实际的情形来看，他的想法虽然可以理解，但在学界的影响力使他"边缘化"的愿望只能是一种"想象"，或者我们只有以一种更加复杂而不是二元对立的方式才能理解这一意义上的体制与"民间"，另一方面，如果仅就客观的立场而言，他在这一论争中虽然有内在的复杂性与思想的转变，却也是清晰可辨的。

最后，钱理群有一种清醒的自我意识，如果说《我的精神自传》的上半部分"我的回顾与反思"是作者对不同思想命题的思考，那么在下半部分"我的精神自传"中，我们可以看到他的"自我意识"的不同侧面：历史中间物、堂吉诃德与哈姆雷特、幸存者、"学者、教师、精神界战士"、真的知识阶级、思想者与实践者、漂泊者与困守者。如果说其中也不乏对同代人与"知识分子"阶层的一般概括，但这首先是作者自我认识、自我定位或自我期许的产物，它们或者是对某种精神状态或精神气质的描述，或者是对某种身份、位置或立场的认同，其中不无交叉与矛盾，却共时性地展示了自我的"丰富性"。从这些描述中，我们可以看出，尽管钱理群对自我（也包括同代人与"知识分子"）的局限性有着清醒的意识，在思想追求上却有着更多英雄主义气质和理想主义色彩，这虽然被他的自我反思、"犹豫不决"部分消解，但却愈加呈现出一种悲壮的色彩，而这又与他积极、乐观、充满激情的性格形成了一种有趣的反差。

三

如果从文艺思潮的角度来看，这本书的特点是将反思 50—70 年代与反思 80 年代紧密联系在了一起，以个人的经历与思想发展为线索，展开了对自我和时代的双重反思，从而为我们开辟了新的思想空间。

关于 50—70 年代，我们已经看到了不少人的反思，如巴金的《随想录》、韦君宜《思痛录》以及不少知识分子关于"反右""文革"时期的各种回忆文章等。但大多只是从个人遭际的角度展示"伤痕"，而未能从整体上对这一时代做出更加深入的反思，没有涉及钱理群谈到的诸如知识分子和民众关系，关于启蒙主义、理想主义以及思想与行动的关系等问题，因而不能从理论与实践上探讨这一时代的真正得失，而只能是情绪性的或新时期"政治正确"的一种反应。关于"新时期"以来的 30 年，近年也出现了不少书籍与回忆文章，如查建英的《八十年代访谈录》等，但大多只是怀旧与"自恋"，而缺少真正的研究与反思，尤其缺少对现实中社会与精神问题的重新发现，从而重新认识自我，重新认识两个"30 年"。

在这个意义上，钱理群的《我的精神自传》是直面现实与历史的，他的回顾不是为了塑造自我的形象，不是作为"胜利者"讲述个人的光辉岁月，而试图以一种新的视角，反思自我与时代可能存在的不足，将以前被遮蔽、被压抑的思想重新加以阐释。作者不惮于展示个人的尴尬、矛盾与困顿、挣扎，显示了一种可贵的真诚与学术勇气。如果我们注意作者对 50—70 年代和 80 年代的描述，可以发现他与一般人将前者妖魔化、将后者神圣化的理解大不相同。而这同样有一个重新认识的过程，如果说在"新世纪"以前，钱理群的言说更具有自由主义的色彩，那么在新世纪以后，对现实问题的重新发现与重新认识，使他对 80 年代以来的思路有一个批评性的反观，而对 50—70 年代则有一个新的认识，可以说这构成了他反思的基本动力之一。可以说，新世纪以来重提"社会主义文学遗产"构成了他思想上的一条脉络，但重提并不是简单的认同，而是重新思考、重新认识与重新评价。这种真诚的反思不仅丰富了钱理群的精神世界，也为我们重新认识"20 世纪中国文学"提供了一种新的视角。

我们可以将《我的精神自传》与洪子诚、谢冕等人的《回顾一次写作》做一下比较。《回顾一次写作》将 50 年代写作的"新诗发展概况"和这些作者 80 年代以来的回顾与反思并置在一起，让我们在新世纪重新反思 50 年代的"新的美学原则"和 80 年代的"新的美学原则"，重新反思 50 年代与 80 年代的文学环境、文学生态与文学机制。它所达到的效果，不是让我们简单地认同哪一种"美学原则"和文学机制，而是将之"相对化"，将之作为一种特定历史时期的文学现象，从而在历史中汲取经验与教训，给未来中国文学的发展以启迪。

如果说《回顾一次写作》的特点在于将不同环境的"并置"，在于围绕一个事件不同回忆的交织，那么《我的精神自传》则不是"并置"，而是为我们打开了思想发展与转变的内在皱褶，让我们更加清晰地理解作者的精神逻辑。它反思的不是一件事情，而是"一生"，反思的方式也不是与不同回忆的"对话"，而是一个人的"独语"，但在大的方面，《我的精神自传》，可以说与《回顾一次写作》、与反思 50—70 年代与 80 年代的著作也构成了一种"对话"关系。这两本书的具体内容虽然不同，但同样让我们看到了新中国 60 年文学与历史发展的两个极端，以及一代知识分子置身其中的感受与思考。在改革开放 30 年的今天，这两本书可以说代表了人文知识分子反思所能达到的深度与广度，而将来中国文学的发展也必将从他们的反思中获益。

最后我想谈一谈师生关系。在《回顾一次写作》中，作者们回忆了他们 50 年代对林庚、王瑶先生的批判；在《我的精神自传》中，钱理群则提及了王瑶先生 80 年代在精神与学术上对他的巨大影响。在我看来，50 年代的"大批判"虽然过火（不少作者为此而忏悔），但对建立平等的师生关系、对于"小人物"的成长、对于他们的"独立"与创新也不无益处。80 年代的"尊师重道"虽然更符合传统伦理，但也可能隐含了一种等级关系和"为尊者讳"的倾向。如果说在 80 年代这一倾向尚不明显，那么在今天问题可能更加突出，"学术权威"对"小人物"的巨大压迫感，在大学里讲究师承（你的老师是谁，老师的老师又是谁）所带来的等级关系与依附关系，都是显而易见的。一个突出的例子是钱文忠给季羡林"磕头"事件，这样一种权威崇拜没有发生在其他社会领域，而发生在大学里是耐人寻味的，或许可以视为大学（北大）从"新文化运动中心"到"保守主义中心"的一种转变。在这样的情况下，如何建立更加平等的师生关系，是我们应该思考的，相信 50 年代和 80 年代的遗产都可以给我们启发，而本文的写作也可以视为这样一种尝试。

（《读书》2008 年第 12 期）

《文明走到十字路口》跋

　　祝东力老师是知识分子中"述而不作"的典型，在 1998 年出版《精神之旅——新时期以来的美学与知识分子》之后，一直没有出版新书。但在我们平常聊天时，他却是高屋建瓴、新见迭出，我来到中国艺术研究院之后，时常聆听他的谈论，感到受益匪浅。一般是午饭后，我们在附近的小区内，边散步，边聊天，谈论最近的新闻、读到的文章、网上的事件，以及思想文艺界的动态，等等。散步走了几圈，我们会找个地方坐下来，继续聊，直到下午上班时为止。我们聊天的地方，有两个：一个是在小区里的藤萝架下，那里有 L 形的两排座椅，上方是密布的藤萝；另一个是在一棵高大的槐树下，这里有一个石桌和四个石凳，正午的阳光透过枝叶洒落下来，明亮，澄澈，而又斑驳，我们坐在这里谈天说地，既是互相切磋、增进学识，也是一种精神上的享受。在研究院的这七年，对我来说，这是最为值得珍惜的场景之一。这样的聊天，仿佛就是一种"游学"，在祝老师的言谈中，我学到了不少东西。在我看来，祝老师是很少的能和学生辈的人平等相处的学者，和他聊天，从不让人感到有什么压力，而能够畅所欲言。他包容、敏锐而细腻，同时又视野开阔，知识渊博。跟他谈任何问题，他都可以从一个更高的视点去看，或者他会以敏锐的眼光发现你细节中的矛盾，让你论述中的罅隙显露出来，你只能重新审视自己的观点，让自己的表达更加精确细致——而这样的过程，也正是讨论逐渐深入的过程，它会让你澄清个人意识中暧昧不明的部分，从迂回曲折中寻找到真正能够表述自己的那条小路。

我想大多数读者不会像我一样，有幸聆听祝老师的言谈，因而这本《文明走到十字路口》是弥足珍贵的。此书收录了他近 20 年来的大部分文章，涉及政治、社会、思潮、文化、文艺等各个层面，对当代中国社会有着敏锐的观察与思考。在当代中国思想界的光谱中，祝东力常被划为"新左派"一翼。1997 年以来，"新左派"与"自由主义"成了划分知识分子的标签，即使在当时，这一分类方式也没有尊重每一位知识分子个体的复杂性，而只是陷入了不同立场的攻讦。而在 15 年之后的今天，这一分类方法就更加值得反思。在《我们这一代人的思想曲折》中，我们可以看到祝东力的思想轨迹，他从个人的经历切入对一代人思想的分析，"在整个八十年代，我们这代人在自由主义传统的影响下求学和思索，形成了比较右倾的立场观点。但是，90 年代初期，基于国际国内的重大事变，许多人的思想迅速左转。"对于一个学者来说，重要的是对时代的敏感与自我反思的能力，这可以让他对社会与人生有更深刻的体察，祝东力可以说是最早从"新启蒙"中走出的知识分子之一。但他的思想也不能以"新左派"简单地加以概括。在"新左派"内部，如果以国际主义与民族主义做更细致的区分，那么可以说祝东力更偏向于民族主义一翼；如果以庙堂与民间做一个横轴，祝东力则更偏向于民间一侧。我想这大致可以概括祝东力在当今思想界的位置。但是这一位置是动态的，我们只能在他的立场、观点、方法中加以把握，思想的独立让他更具超越性，比如此书中关于"中国模式"的分析，关于"全球困境的出路"的分析，就与我们通常所见"新左派"或民族主义不同，而他对宪政与民主等问题的思考，更是触及了一般"左派"不会触及的问题。但是对这些问题的思考，最能见出祝东力的思想特色。他总是在别人止步的地方开始自己的思考，在对时代问题的回应中发展自己的思想。在这里，其实隐含着对"学术"更为深刻的理解。在祝东力看来，学术并非在故纸堆中寻章摘句，也不是在搬来的某些理论中进行逻辑推演，而是对当代社会中的重大问题提出系统性的思考，因而学术的最高境界是"提出问题，分析问题，解决问题"。对学术的这一理解，让他撇开那些花哨的招式与装饰，而直抵我们这个时代最根本的问题。

如果我们细读此书中的文章，便会发现祝东力有一个宏大的历史视野，比如《文明走到十字路口》是从人类文明发展的角度来提出问题的，而《中国的历史使命》《大目标PK民族主义》《迎接全球动荡期的来临》等文章，则着眼于中国的过去、现在与未来，在《28年后回头重看：潘晓的路和中国的路》《"红卫兵—知青一代"的前世今生》等文章中，我们可以看到，在具体社会文化问题的探讨中，祝东力也擅长于在历史梳理中发现新的问题。在我看来，从这样的历史视野提出问题之所以必要与有效，既在于祝东力的思想方法，也在于我们所置身其中的这个时代。对当代中国人来说，我们置身于一个飞速发展而充满激荡的时代，如同跳进了一条湍急的河流，时常会辨不清方向。新中国成立以来，我们经历了"十七年"、"文革"、新时期、90年代以及新世纪的第一个10年。大约每过10年左右，我们的社会结构与社会氛围都会发生根本性的变化，这让整个社会与我们每个人的生命体验都充满了"断裂"。不仅当代中国如此，1840年以来的中国史同样充满了"断裂"，而自"现代性"问题发生以来，500多年来的人类史同样如此。在这样的状况下，如何建立起内在的统一性，如何面对这些巨大的断裂，便构成了摆在我们面前的重要问题。而对于一个学者来说，对历史事件进行梳理，并从更高的视点加以概括，让我们辨清来时的路，认识当前的处境，并探寻未来的路，便是最值得重视的工作。祝东力从唯物史观的理论高度，结合政治经济分析与社会结构分析，孜孜以求地探索中国的路与世界的路，这正是一个知识分子应有的承担。他所提出的一些论断，如对"苏东模式、东亚模式与中国"的分析，对美国霸权来自于"军事—高科技霸权、美元—金融霸权和意识心态话语霸权"的分析，都简洁而深刻，令人难忘。在这些文章中，我们也可以看到，对中国现状与未来的忧患与思考，构成了祝东力问题的核心。在这里，祝东力不仅继承了中国知识分子的优秀传统，而且在一定意义上，我们也可以由此理解他的"思想曲折"，尽管与 1980 年代相比，他的思想、立场与方法发生了巨大的变化，但是这一核心问题并没有发生变化，或者说，正是对这一核心问题的执着求索，让他改变了个人的思想立场。在这个意义上，我们可以说祝东力是 1980 年代"新启蒙"的真正继承者，他以自我批评的方式完成了思想转折，在一个更高的层面上继续着对这一核心问题的思考与追索。

祝东力不仅有开阔宏大的一面，而且有敏锐、细腻的一面，在此书所收入的对具体文艺作品的分析中，我们能领略到他敏锐的艺术感觉，以及细腻的感受力。对我个人来说，读到他早期的文章《文化符号学短论（九则）》和《钱钟书现象》是意外的惊喜，这些文章呈现出了他的另外一面。《文化符号学短论（九则）》的风格介于诗歌与散文之间，而又精辟透彻，《钱钟书现象》指出，"在古今中西浩瀚典籍的运用上，钱钟书的特点是撷取表面，扔弃深部。对于那些博大精深的经典之作，这种取舍之间的反差尤其显著。"——这是很多论者所不及的，而层层深入的剖析更让此文趣味横生。

在约我写此篇"跋"时，祝老师特意嘱我要写写问题与缺点，虽然学生批评老师似乎有些不敬，但彼此之间真诚的交流似乎更加重要，在此我也不揣冒昧简略地谈一谈。在我看来，祝老师文章的不足之处是：他的文章似乎只有观点，而较少展开具体的论证过程，这让他的文章似乎一棵树只有主干，而缺乏枝叶的纷披，这或许也是他文章都较为短小的原因，这样的文章虽然精炼，但有时也感觉不够舒展；在某些文章中，他宏大的一面与细腻的一面没有很好地结合起来，或者说没有取得一种"动态的平衡"。我想这可能与他写作时紧张的状态密切相关，如果能以更从容的心态去写，或许他能为我们奉献出更好的文章。就像我们坐在那棵大槐树下闲谈一样，上下五千年，纵横九万里，"观古今于须臾　抚四海于一瞬"，那是一种多么美好的境界。

（2012 年 9 月 13 日）

刘复生，或 70 后知识分子的探索

在 70 年代出生的知识分子中，刘复生近年来的研究是引人注目的，他的思考可以说代表了一代青年知识分子的发展方向。对于 70 年代出生的知识分子来说，他们面临着前所未有的时代环境与历史境遇，中国 60 年乃至 150 年来的发展，为他们提供了丰富的经验与思考的空间，也为他们提供了介入历史的机遇，而在当前这一世界史新的转折时期，如何将中国经验充分地讲述出来，并将个人思考转化为现实实践的可能性，可以说是这一代人的使命，也是他们与此前几代知识分子的不同之处。在今天，我们的世界图景与思考方式正在发生巨大的变化，在如此纷纭复杂的现实之中，1980 年代以来知识界所建立的一些基本判断与基本前提正在丧失其有效性。在这个新的历史时期，我们该如何认识世界，如何认识历史？如何理解社会主义与资本主义，如何理解现代化与现代性？如何想象并创造一个新世界？对于这些基本问题的思考与回答，是摆在这一代知识分子面前的任务，而新的时代环境与成长经验，使他们有可能打破前人的窠臼，做出创造性的思考与回答。但同时，这一代知识分子也面临着社会现实、学院体制以及学术惯性的束缚。在这样的状况下，能否突破这些限制，将自己的思考直接与最核心的时代命题联系起来，也决定了一个知识分子的视野、胸襟以及所可能取得成就的大小。正是在这一方面，刘复生所做的努力与探索可以说是具有典范性的。

　　刘复生的学术研究，便开始于对 1980 年代所建立的基本知识或"常识"的反思与批判，他的博士论文做的是"主旋律小说"研究。在 1980 年代所建立的"纯文学"视野中，"主旋律小说"并不能被纳入"文学"研究的范围之内，但在刘复生看来，正是在这些作品中，才更深刻地隐含着这个时代文学的规训机制，才能让我们更深刻地看到"新意识形态"及其发挥作用的奥秘。正是通过这一研究，刘复生打破了"纯文学"的神话，也让我们看到了 1980 年代文学"黄金时代"的虚幻性。在此后的研究中，他让我们看到，"80 年代文学"并非像想象的那样丰富多元，而如"十七年文学"一样也充满了意识形态的控制，只不过这是一种新的意识形态，也采用了更加机动灵活的控制方式。与"十七年文学"不同的是，这一时期的文学反而丧失了创造"新人"、新文学与新世界的冲动与努力，而这一点正是"十七年文学"至今仍然值得尊重与研究的原因。刘复生以及其他研究者对 1980 年代文学的批判与反思，为当代文学研究打开了一个新的空间，而对于 70 年代出生的研究者而言，这首先是对个人成长经验与文学经验的反思。在他们所受的文学教育中，对 1980 年代文学的神话性叙述构成了一种基本经验，他们对这一"神话"的拆解，既是对个人成长历程的反思，也可以说是对师长一辈文学判断的突破与反思——正是在这样的研究中，我们看到了一代青年人正在成长起来，他们不再依傍于既往的文学经验，而是在独立自主的思考之中，提出了新的命题，新的范式，并以新的思维方式做出了新的判断。而这样的研究对当代文学研究的推进也是显而易见的——目前当代文学研究的整体仍建基于 1980 年代初的基本判断，即对前 30 年的批判性审视与对后 30 年的赞美

式研究。伴随着新问题的出现与新思维的打开，我们有必要对这一
基本判断重新加以审视。刘复生及其他研究者的努力，便向我们打
开了一个更加开阔的视野。比如，刘复生对"先锋小说"的研究，
便扫除了此前研究者玄学与神秘化的研究倾向，而将之置于具体的
历史环境之中，阐明了了"先锋小说"及其艺术形式与复杂历史进程
中人们情绪的"碎片化"之间的关联。这不仅有力地解释了"先锋
小说"的产生，而且他的研究方法——将美学分析与历史分析细致
地结合起来，在当前的文学研究中也具有革命性的意义。

　　刘复生的学术研究从文学出发，但是他关注的领域却不限于
文学，虽然他也写出了一些重要的文章，如关于韩少功、张承志以
及关于"新革命历史小说"的论文，但他的着重点或者说他的抱负
无疑是更为宏大的。他所关注的是世界、历史或者说是思想的变
动，当文学研究为他提供了观察这一变动的窗口，他的文学研究是
出色的，而当文学无法提供这样的空间时，他的思想触角便突破了
文学的藩篱，伸向了更加宽广的领域。正如他所说的，"当代文学
研究正在一步步远离自己的使命与责任，成为一门无足轻重的文化
小摆设。所以，如何给当代文学研究注入新的生命和更充实的历史
意义，就成为一个从业者的首要问题，而在这个问题解决以前，如
把自己的生命贸然托付给它，未免显得盲目而愚笨，仅仅以热爱文
学为借口已经远远不够了。"他近来对于"历史与思想史"的关注，
对批判立场的强调与坚持，便显示了他更加开阔的视野，以及勇于
探索的信心与决心。而他所昭示的这一转变，对于 70 年代出生的
一代知识分子来说，无疑具有巨大的启示性。

　　对于我来说，刘复生不仅是一个学者或知识分子，更是一个精
神上的同道，一个现实中的好朋友。在北大读书时，他是比我高一
年级的博士，那时我们的交流虽然不是很多，但是我已经知道了，
他是辞去了电视台的工作，而到北大来专门读书的，从这一点可以

看出，他对文学与学术抱有一种很虔诚的态度。但另一方面，正是因为他有工作的经历，所以在同学中更显得成熟、稳重、大气，无论是言谈举止还是为人处世，都自有一种底气与分寸，让人可以感受到他的自信。那时候，在学校里，刘复生喜欢读理论方面的书是很有名的，许多在我们看来佶屈聱牙的书籍，他却读得津津有味，在那时他就被戏称为"刘大师"了。每次我到他们宿舍去，跟他和另一位师兄张宏聊天，他的话总是言简意赅、高屋建瓴，而他说话的语气则有点低沉，带有思考的痕迹。有时他又会笑起来，那种笑里也有反思，好像是对刚才所说的话的一种反讽性态度，一种自嘲，似乎并不将之特别放在心上，不是那么值得重视似的，但即使如此，他的自信仍是显而易见的，不过那是以低调的方式表现出来的。现在想来，我们在一起聊天，似乎很少聊到生活琐事，聊的大多是文学与思想界的潮流、人物、事件，以及对一些学界分歧与斗争的看法。另一个话题则集中于洪子诚老师。洪老师是中文系不少学生的偶像，但我们读博士不久，他就退休了，平常里很少能够见到，复生是洪老师的关门弟子，只有从他那里，我们才能知道一些洪老师的近况，以及他最新的研究、思考和观点。复生很尊重洪老师，但对他的一些观点也并不是完全赞同。我记得2003年我和复生与其他同学对洪老师做了一次"访谈"，在谈到对1980年代文学评价的时候，洪老师认为80年代文学的"多元化"是值得肯定的，而复生则认为80年代文学不过是另一种意义上的"一体化"，甚至比"十七年文学"的控制更加严密。他们师生二人的看法虽然不同，但是那种坦诚交流的氛围却是令人珍惜的，我想这也正是"洪门家风"中最令人向往之处。

从北大毕业后，复生先去了山东的一所大学，很快又到了海南大学。他的才华与学术能力得到了充分展现，很快就以一系列重要文章引起了学术界的关注与重视。尤其在海南，他似乎成了一颗冉冉升起的学术新星，不仅在学校里很快评上了教授，而且现在还兼任《天涯》杂志的副主编。我们和他开玩笑，说他简直成了"南霸天"了，他也只是笑笑，不说话。我想，复生到海南去是一个很好的选择，海南需要复生这样的知识分子，也为他的发展提供了一个广阔的空间，而复生也在很大程度上提升了海南在文学乃至思想研究领域的分量，我想这一点，人们在将来可能会更加清晰地意识到。至少对于我而言，想到海南有一个刘复生，便对海南会产生一种更加亲切、温暖的感觉，这当然不只是觉得那里有一个熟人，而是切实地感到了"海内存知己，天涯若比邻"。

我与复生一直保持着密切的联系，也经常就一些话题交流看法，对当前文学界与当代文学研究界的现状，我们都有所不满，也都在寻找着突围的方向。他的思考时常能给我以启发，尤其重要的是，我感觉到他是我前行路上的一个同伴，虽然我们相隔遥远，见面的机会不多，甚至见面之后，也并没有太多的话，但我们的交流是默契的，只要几句话，就可以明白对方在想什么。而在一起参加学术会议，只要我们坐在一起，就会感到心里很踏实，因为我们都知道，不管面对多少不同观点的争论与分歧，至少我们二人的看法是相似或相同的。当然，更加重要的是摆在复生和我以及我们这一代知识分子面前的使命也是相同的，我们必须正面回应时代所提出的问题，并竭尽所能做出我们的探索，发出我们的声音，尽到我们的责任，只有这样，我们才能不辜负我们的国家和这个时代。在这些方面，复生已经做出了可贵的探索，走在了一代人的前面，我相信他也必将能够做出更大的成就。

（《南方文坛》2011 年第 1 期）

肯·洛奇的双重挑战与超越

　　肯·洛奇的独特性，不仅在于他关注工人阶级与"底层生活"，而且在于他的这一视角坚持40年不变。从他的第一部电影作品《可怜的母牛》（1967），一直到最近的《自由世界》（2007），他的这一立场可以说毫不动摇。

　　如果说在1960—1970年代，一个知识分子很容易倾向于左翼，那么在80年代"新自由主义"席卷全球，尤其是90年代传统的社会主义国家纷纷变色的情况下，要坚持这一立场并不容易。事实上肯·洛奇在80年代大多拍摄纪录片或电视，90年代以后才以《雨石》《我的名字叫乔》等影片重新确立了他在世界影坛的影响力。关于肯·洛奇1960—1990年代的影片，已有不少文章进行了分析，本文着重谈他新世纪以来的几部作品，并试图探讨他在思想与艺术上新的突破与挑战，这既包括他对资本主义世界的挑战，也包括他对无产阶级艺术以及"自我"的挑战。

一、工人阶级与新的"国际歌"

　　进入新世纪以后，肯·洛奇影片的一个特点在于国际视野的拓展。此前他的影片大多集中于英国本土阶级关系的揭示及底层生活的描绘，《铁路之歌》（2001）延续了这一题材。在国际题材上，他也拍摄过关于尼加拉瓜解放的《卡拉之歌》（1996）以及关于西班牙内战的《土地与自由》（1995），但这些影片的题材仍限于一国之内。而新世纪的一些影片，他则侧重于对国际范围内的不平等关系的揭示，将阶级问题与民族问题联系起来，从而探讨工人阶级在"全球化"进程中的命运。

在《面包与玫瑰》（2000）中，集中了当代社会的诸种矛盾，比如民族、阶级、性别与年龄等，这些矛盾紧密地纠结在一起，其中的核心是阶级问题。民族问题是通过移民表现出来的，影片开头以一段跳跃性极强的镜头，表现了来自墨西哥的玛雅在偷渡过程中极度的紧张与恐慌，闪烁的画面与快速移动的镜头，精确地呈现了外部环境与人物的心理。在这里，影片所关注的移民问题即"跨国劳工问题"，向我们展示了来自第三世界的"国际打工者"的处境，以此反思国际政治经济秩序的不平等，这既包括民族国家之间的压迫性结构，也有阶级之间的剥削与剥夺，《面包与玫瑰》更侧重于后者。

影片所展示的一个核心问题是：面对资产阶级、大公司的压迫与剥削，被剥削的人们是应该忍气吞声地默默忍受，还是应该联合起来为自己的利益而奋斗？影片最终肯定了后者。它以好莱坞式的流畅叙事，通过几次波折与斗争，展示了无产阶级最后如何取得了胜利。这样的故事虽然不无乐观的色彩，但却是激动人心的，至少在今天的语境中，展示了一种美好的希望和另一种可能性，正如片中的一位人物所说，"我们总是比自己想象的强大。"

事实上，联合起来是无产阶级斗争的唯一途径，早在《共产党宣言》中，马克思、恩格斯就提出了"全世界无产者联合起来！"的口号，但在今天，无产阶级、弱势群体之间的国际联合却出现了越来越困难的局面。这不仅在于马克思主义的实践在苏联解体之后出现了一些波折，从而使有的人认为"历史终结"了；更重要的在于其实践也局限于民族国家之内。在今天，全球化使得资本无孔不入，资本主义成为主宰世界统治结构的基本生产关系，但各国的无产阶级、劳动者由于所处的国际生产、流通网络位置的不同，因而也就有了不同甚至会相互损害的利益。

《帝国》一书中指出，"在20世纪后半部分，尤其是从1968年到柏林墙倒塌之间的20年间，资本主义的结构调整和全球扩张与无产阶级斗争的转型同时进行。如我们在前面已经论述过的，一种建立在交往沟通和转移劳动力反抗中表达出的共同欲望上的国际斗争圈的形象似乎不再存在。作为组织斗争的具体形式，斗争圈已消失。然而，这一事实并未把人们推入无底深渊。相反，我们仍可以在国际舞台上看到一些影响巨大的事件。在这些事件中，民众展现出他们对剥削的拒绝，这些事件显示出了新无产阶级的团结性与斗争精神。"作者举出了20世纪90年代的洛杉矶暴动、恰帕斯起义以及法国、韩国的罢工之后指出，"我们应该认识到，就在各种斗争损失了宽泛性、持久性和共通性的同时，它们的激烈性获得了增强。我们应该认识到，尽管各种斗争已都把焦点聚集到本地的、最贴近的境况之上，它们也提出各种具有超国家关联性的问题，各种为新的帝国式资本主义规范所固有的问题。"

应该说《帝国》的分析是乐观的，现在不仅国际之间的联合很少，即便是国内联合、某一集体内部的联合也处于困难的境地。《面包与玫瑰》所展示的便是一座楼里的清洁工人联合起来的艰难过程。在工人为自己的利益而起来斗争的过程中，不仅需要思想上的觉悟，还需要将自己目前的利益与可能的长远利益加以比较，还要诉诸个人的经验与历史记忆。值得一提的是，在对联合持消极态度的人中，有一位来自俄国的女人玛莱娜。她的民族身份联系着苏联社会主义的实践，她对待联合的冷漠，显示了一种对集体行动的不信任，而这因其身份背景而暗示着这样的问题：最终我们会不会成为联合的受害者呢？斗争胜利后我们会不会又沦为牺牲品呢？——应该说这对"联合"是颇具挑战性的问题，这也是左翼思想在今天的困境。

在改变目前处境的方式中，《面包与玫瑰》展示了两条路径，一条是山姆所代表的联合起来进行斗争，另一条则是鲁本的方式——通过教育（上大学）的方式来改变个人目前的处境。山姆的方式是集体性的，鲁本的方式是个人性的，他只能改变个人的命运，却不能从根本上改变底层民众的艰难处境。鲁本的这种方式在影片中被放弃了，但影片中，对鲁本的这种方式并没有完全否定，玛雅甚至机智地偷了钱，资助他完成上大学的愿望，但没有选择他的道路，她只是说："如果你成不了大律师，我饶不了你。"在这里我们可以看到教育的两面性。

性或者爱情关系，是影片中的一条重要线索。影片开头偷渡的组织者对玛雅并未成功的性侵犯是赤裸裸的，玛雅机智的斗争与逃脱是一种无奈的"选择"。后来交叉展开的两段爱情故事中，玛雅离开了一心想上大学的鲁本，最终选择了革命的宣传、组织者山姆，这种主动的选择，不仅显示了玛雅对爱情对象的选择，而且也表明了导演对革命的青睐与乐观，他将玛雅的爱情赋予了革命者，同时也赋予了革命。为什么对于革命的肯定一定需要爱情的青睐，为什么在革命的叙事中一定要有爱情故事加入进来？从叙事与接受的角度来说，爱情所投射的对象更易于获得读者／观众直观的认同，而革命故事中爱情叙事的加入，也使叙述更灵活多样，接受起来也更有"趣味性"。对于剧中人物来说，面包和玫瑰都是要争取的对象，而观众也是既要看到面包也要看到玫瑰。《面包与玫瑰》里的爱情故事，在今天则是对资本主义全球化的"一体化"的一种质疑与挑战。

影片中革命的组织者或启蒙者的位置也值得深思。山姆第一次现身的时候，是作为一个被拯救的对象出现的，他在楼里被保安围追堵截，是玛雅将他藏入了垃圾车中，帮助他逃脱了出来。当他再次出现时，则是作为革命、斗争的组织者出现的，而这一形象在他最后被群众簇拥在中间，发表关于"面包与玫瑰"的演讲时得到了最充分的塑造。在这里，我们可以看看革命者与群众的关系，是前者拯救了后者，还是被后者所拯救了呢？这也牵涉到知识分子（革命的宣传者、组织者）在革命运动中的位置问题。这不仅在于对启蒙背后知识权力关系的发现，而且在于一种相对主义观念的揭示：这样的行动是否真的对群众有益，是你观察到的世界有问题还是你观察世界的眼光有问题？——这种反观自身的思考一方面使对世界与自身的认识深入，同时也减弱了革命性的力量。在《面包与玫瑰》中，当山姆得知贝尔塔因他的失误而被开除时，表现得很无奈，但他很快就与玛雅开始一起喝酒了。我们不能过于苛刻地要求革命的组织者，但同时也应该认识到真正的力量在于劳动者自身。正因为此，影片中玛雅刚到大楼去的时候，一个老工人对她所讲的那段使用吸尘器应该像跳舞一样才更值得重视——劳动与劳动中所体现出的美感应该是劳动者自我拯救的一种方式，而这是革命的组织者所无法传达给劳动者的。

如果说《面包与玫瑰》侧重于对阶级间的压迫与反抗，那么《自由世界》则更侧重于揭示民族国家之间的压迫性的结构。影片中有两条线索，一个是女主人公安吉创业的过程，一个是跨国劳工在"自由世界"的处境。在这个影片中，首先引人注目的是安吉在激烈的市场竞争中的"异化"，她被解职后开创自己的"中介公司"，为跨国劳工介绍工作。但在这一过程中，她逐渐变得冷酷起来，为了租用新的办公室，她扣发工人的工资，为了给自己"非法移民"的工人找住处,给移民局打告密电话驱逐占据棚户区的其他非法移民,以至于跟她合作的露丝也离她远去。而她最后也遭到了报复,先是在街上被人痛打了一顿,后来儿子则被移民工人绑架。在"绑架"这一场戏中,最能见出肯·洛奇的立场。这些蒙面的移民虽然貌似"恐怖分子",但却是讲情讲理的,甚至是十分温柔可爱的,他们只是要回他们"该得"的工钱,而并没有伤害安吉和她的儿子。在安吉儿子的眼中,这些冒充警察的"叔叔"只是让他跟他们玩了一会儿。从这里我们可以看出,肯·洛奇的同情首先在这些来自伊朗、波兰、捷克的"跨国劳动者"身上。

在肯·洛奇《土地与自由》中,在一次战争之后,面对战友的尸体,来自世界各地的战士,用不同的语言同声高唱着《国际歌》,这是一个激动人心的场面。而在《面包与玫瑰》中,肯·洛奇同样安排了一个群众狂欢的场面,不过这里唱的不是《国际歌》,而是一首劳工之歌,这是一首带有拉丁风格的欢快舞曲,但却表达了对老板与资本逻辑的拒斥,唱出了剧中人物的心声。在某种意义上我们也可以说,肯·洛奇关于国际主义题材的影片是"回环往复的国际歌"的一种变奏,或者说是全球化进程中的一曲新的"国际歌"。

二、民族或文明的"冲突"

肯·洛奇的电影虽然关注左翼运动与工人阶级,但这并非他题材的全部,他的作品还涉及民族问题、性别问题等各个层面,正如他自己所说:"人类生活无限多样,无限趣味。这让你愿意拍摄电影。但是,你不能和你看见的世界脱节,你必须决定拍摄什么色彩的电影,不要拘泥于其中一类。关于工人阶级领导权的问题,我相信有一个时期要关注它,但并不是说每一部电影我都要说这个问题。你的视野要宽,你觉得'这个故事有趣,得弄点钱拍它'，就去拍。电影形态多种多样，你必须沿着一条相当实效的路子继续下去。"

在新题材与新主题的拓展中，民族问题与"文明的冲突"是肯·洛奇最为着力的。获得金棕榈奖的《风吹稻浪》（2006）便是一个突出的例子。影片的前半部分是爱尔兰共和军同英国殖民统治者之间的抗争；后半部分叙述爱尔兰同英国签订妥协性停战条款之后，爱尔兰共和军中妥协派与主战派之间的斗争。这个故事是在一个家庭的框架中讲述的，在前一部分中特迪与丹民两兄弟并肩作战，共同对付侵略者，而在后一部分中，由于观念的分歧，兄弟二人分属不同的阵营，最后以兄弟相残而告终。

《风吹稻浪》有两点值得注意，一是与《勇敢的心》《傲气盖天》等同样描写爱尔兰题材的影片不同。如果说《勇敢的心》《傲气盖天》关注的是英雄人物，那么《风吹稻浪》关注的是"小人物"，如果说《勇敢的心》《傲气盖天》关注的只是民族的话题，那么在民族的话题之外，《风吹稻浪》则更关心阶级的话题，这也是影片中特迪与丹民两兄弟之间的区别所在，而最终导致了这一场悲剧。正是在这里，突显出了肯·洛奇的立场，正如影片中的台词所言："如果底层民众没有掌握政权，那么资产阶级会用公司、银行等形式继续统治人民。"

另一点是影片的现实指涉性。在一次访谈中，肯·洛奇曾明确表示，他拍摄这部历史片其实是对现实中的国际政治发言，尤其是对伊拉克战争问题。在接受金棕榈颁奖时，他说出了《风吹稻浪》的意义："我们对历史说实话，就是对现在说实话。""现在，在伊拉克，我们知道那些死去的英国人和美国人的名字，但是我们不知道有多少伊拉克人被杀死了。所以占领区人民生命的价值被认为远远低于占领者生命的价值。我说的这只是一个例子，但是像爱尔兰一样的故事总是在重复发生。"

如果说《风吹稻浪》对现实国际政治的发言还比较曲折、隐晦，那么《911事件簿》这部多个导演的短篇合集则是对"9·11"事件的及时反映，而其中肯·洛奇拍摄的部分则直接将这一事件与1973年9月11日发生在智利的事件联系在一起，在这一天，美国支持的政变行动轰炸了圣地亚哥，包括阿连德总统在内的三万多人死于非命。肯·洛奇通过将两个"9·11"并置在一起，以反思美国推行的霸权主义，及其"自由民主"意识形态的虚伪性。他的这部短片获得了国际影评人费比西奖。

与以上影片相比，《深情一吻》（2004）则更深入一层，从现实政治切入到文化或文明的"冲突"，以两个青年男女的爱情故事，折射出基督教文明与伊斯兰教文明的冲突，以及这两种文明与现代世俗社会的冲突。在这个故事中，当地的巴基斯坦裔小伙子卡西姆恋上了天主教学校教钢琴的女孩罗斯琳。卡西姆的家庭信奉伊斯兰教，他们按照风俗将卡西姆与他的表妹订婚。当卡西姆提出解除这个婚姻时，这个家庭陷入了痛苦与混乱，这在他们生活的圈子看来是一种奇耻大辱，从此他们的家庭被周围的人看不起，由于他成了败坏家庭名誉的"害群之马"，他的姐姐也面临被退婚的危险。

如果影片的故事只讲到这里，那么我们所面临的只是一个伊斯兰教与"现代化"的矛盾、一个保守与开放的矛盾。但肯·洛奇的深刻之处，在于他并没有在此止步，而是让我们看到了另一重矛盾，即西方现代伦理与西方传统伦理的矛盾，也就是在西方内部的"保守"与"现代"的矛盾。这是通过罗斯琳来展现的，在她工作的天主教学校，神父也绝不能允许她与一个伊斯兰教徒结婚，除非"卡西姆改信天主教，或者他们的后代皈依耶稣"。

这样，通过将两种文明或两种文化传统并置，肯·洛奇让我们看到，使他们的爱情遇到问题的并不仅仅是伊斯兰教，也是天主教。如果我们现代人对天主教的道德、伦理、风俗难以理解，但尊重它的历史渊源与文化传统，那么我们也必须以同样的态度尊重"另一种文明"——伊斯兰教。在这里，影片通过将这两种文明"相对化"，让我们看到了他们的相似之处，即相对于（西方）现代伦理来说，这两种文化传统都是一种束缚，这样就使观众，尤其会使受基督教文明影响的西方观众，将对伊斯兰教的态度"相对化"，使他们认识到伊斯兰教作为一种文化传统有自己独特的道德、伦理、风俗，正如天主教一样。而这两种文化传统，对于已经世俗化、合理化（按照韦伯的说法）的现代社会来说，都是一种约束与"障碍"。

但另一方面，肯·洛奇的高明之处，在于他并没有将这两种文化传统仅仅作为一种"障碍"，而同时也将它们与现代社会伦理对比，以之对现代社会的婚姻、爱情观念进行了反思。当影片中卡西姆的父亲质问儿子"她是否可以陪伴你终生，在你年老的时候，在你病重的时候，在你无家可归的时候？"时，或许有人会为他的执着与"迂腐"觉得可笑，尤其是在爱情故事的进展遇到阻碍的时候。而当卡西姆追问罗斯琳去了哪里，罗斯琳说她很寂寞，去了酒吧，"很想与陌生人做爱"的时候，或许有人会觉得她很现代、很时尚，但我们同时可以看到，这种现代爱情的伦理也自有其弊端，这一观念过于注重欲望、当下性与个人性，但却不如传统的婚姻观更注重精神、长期性与集体（家庭、家族或者更大的社群）。对于传统文化的"束缚"与弊端，经过宗教改革、文艺复兴以及18世纪以来的革命，我们已经认识得很清楚了，但它们的长处却没有得到认识，而现代社会的爱情伦理的偶然性与脆弱性也没有得到足够的反省。在《深情一吻》中，肯·洛奇所反思的不仅是伊斯兰教文明与基督教文明如何相处的问题，而且也包含了对现代文明本身的反思。在电影的结尾，处于困境中的两个青年人亲密相拥，但等待着他们的无疑是更大的困难。肯·洛奇将这个困境展示给观众，让他们去思考如何去面临这种观念上的差异所带来的问题。

尽管以上影片题材各异，但我们可以看出，在肯·洛奇的所有影片中，他都致力于对不平等的社会结构的揭示与批判，而贯穿他所有作品的一个核心问题是：在现代社会，平等与正义如何可能？而这不仅涉及现代民主理论的核心问题（如罗尔斯的研究），也涉及现实政治的不同层面，可以说对"平等"与"正义"这一价值观的坚持，或者说对不义的世界的反抗（哪里有压迫，哪里就有反抗），使肯·洛奇超越了民主的意识形态而直抵现代政治伦理的核心，这正是他在西方文化界、电影界引起广泛关注的原因，也是他能给我们以启发的地方。

三、自我挑战，或无产阶级艺术的基本问题

肯·洛奇的电影，是对资本主义与资本主义世界体系的一种挑战，但同时也是对无产阶级艺术的一种挑战，或者说是一种"自我"挑战。在 20 世纪的无产阶级艺术实践中，苏联与中国的社会主义现实主义无疑是一种并不成功的尝试，而欧洲的"介入文学"与现代主义艺术，虽然是对资本主义的审美批判，但精英化的表达方式使它只能在学院或在艺术圈子里获得赞赏，而无法真正走入底层大众的视野，从而唤起他们的觉醒，改变不公平、不合理的世界秩序与生活秩序。肯·洛奇的电影在世界影坛上的成功，不仅是个人的成功，也不仅仅是艺术上的成功，而在于他解决了无产阶级艺术的一系列基本问题，将无产阶级的意识以一种艺术的方式出色地表达了出来，而这不仅是对资本主义的一种批判，而且对无产阶级艺术的发展也颇具启发意义。

在这里，首先要提到的是观念与现实的关系。早在 60 年代，联邦德国的电影史学家格雷戈尔在《世界电影史》中，就将肯·洛

奇称为"新的现实主义中间最重要的导演"，而在《英国电影十面体》一书中，李二仕也以"肯·洛奇的现实主义世界"来概括他的电影艺术，可见"现实主义"被认为是肯·洛奇的一个标志性特征。在其他的论述中，也有人将肯·洛奇称为"社会派"，如果说这样的说法在区别其他"派别"的导演——比如德里克·贾曼、彼得·格林纳韦等——时较为便利，但却不足以把握肯·洛奇的复杂性。诚然，肯·洛奇是关注社会、关注现实的，但这只是他的一面，而他还有"理想"的一面，在《卡拉之歌》《土地与自由》乃至《面包与玫瑰》之中，与其说我们看到的是现实，不如说我们看到的是肯·洛奇的理想主义与英雄主义。在这里，肯·洛奇看到的是理想中的现实，或者说观念中的现实，而他的成功之处，也就在于他将现实与观念巧妙地结合在了一起。

　　在无产阶级的艺术中，如何解决观念与现实、理想与世界的关系，是一个重要的问题，"社会主义现实主义"的不成功之处，便在于过于强调观念，以一种"主题先行"的方式构思与结构作品，因而难免出现"公式化、概念化"的弊端。但另一方面，如果过于强调现实，则很容易使作品陷入自然主义式的细节展示，从而丧失了从总体上把握历史与现实的能力。肯·洛奇作品的成功，在于他将二者结合得较为出色。如果说他早期的作品较多展示底层的"生活"，那么他后期的作品观念性的东西则越来越突出，但他这种观念则是与生活密切联系在一起的。这是由于他对社会主义并非抱着一种本质主义或教条主义的理解。早在1986年的《再见祖国》中，他就说出了这样的台词："斯大林主义并不就是社会主义，资本主义也不意味着自由。"在这里，既有对社会主义的反思也有对资本主义的反思。他对社会主义的实践（斯大林主义）并不满意，但仍坚持社会主义的立场，对资本主义则有一种清醒的认识，这在冷战即将结束、资本主义即将"不战而胜"的80年代末，显示了一种知识分子独立思考的可贵品质。可以说正是这种"独立"（独立于资本主义以及教条化的"社会主义"），使他对社会主义的理解是个人化、生活化、复杂化的，这正是他能"缝合"观念与艺术的一个原因，也是他的电影艺术能保持活力的一个重要因素。

另外值得注意的是肯·洛奇对"真实性"的追求。如果说在早期，肯·洛奇"真实性"主要通过介于纪录片与故事片之间的独特"风格"来实现，那么近年来肯·洛奇则超越了这一风格，他的"真实性"来自于扎实的细节、流畅的故事所传达的立场与观念，而这一立场则来自于对历史的宏观把握以及对"客观规律"的信赖，或者说他将"真实性"与"倾向性"很好地结合了起来。但他同时也充分尊重生活的丰富性与复杂性，所以在他的影片中，我们很少看到说教，而更多的是困境的展示以及从这一困境中突围的方向。他影片中常用的"开放式结尾"，则为故事的结局或未来走向提供了多种可能性。

如何解决个人与集体的关系，或者说是如何将个人的故事与阶级的故事结合在起来，这也是无产阶级艺术面临的又一个重要的问题。因为这涉及无产阶级的"阶级意识"的生成，而只有具备了"阶级意识"，无产阶级才真正成为一种"阶级"，正如历史学家汤普森在《英国工人阶级的形成》中所说，"阶级是一种历史现象，它把一批各各相异、看来完全不相干的事结合在一起，它既包括在原始的经历中，又包括在思想觉悟里。我强调阶级是一种历史现象，而不把它看成一种'结构'，更不是一个'范畴'，我把它看成是在人与人的相互关系中确实发生（而且可以证明已经发生）的某种东西……当一批人从共同的经历（不管这种经历是从前辈那里得来还是亲身体验的）中得出结论，感到并明确说出他们之间有共同利益，他们的利益与其他人不同（而且常常对立）时，阶级就产生了。"在这里，阶级意识是阶级形成的必要条件，而这种阶级意识

是对"个人意识""家族意识""血缘意识""地方意识"的一种克
服与超越，在新的历史条件与生产条件下形成的一种新的"自我意
识"。如何唤起这种阶级意识，不仅是卢卡奇等西方马克思主义理
论家竭力探讨的，而且也是无产阶级艺术的一种使命。

在肯·洛奇早期的作品中，这一结合并不是很成功的，比如在
《底层生活》（又译《群氓》，1991）中，主人公的爱情故事与阶级
叙事是相互游离的，这一点也受到不少人的批评。但在后来的作品
中，肯·洛奇寻找到了一个"中介"，那就是家庭或爱情关系。正
如李二仕所说，"进入90年代之后，他的创作出现了一个明显的特
点，那就是偏重家庭情节剧，把个人的故事融入大的社会、政治、
经济环境中进行考察。……然而，肯·洛奇关注的永远不是家庭的
表面，而是社会经济状况对主人公和他们家庭的影响。"在这里，
肯·洛奇将阶级或阶级意识的冲突，置放于家庭或爱情关系的内部，
从而使阶级矛盾与家庭矛盾相互交织、纠缠在一起，不仅使阶级与
"日常生活"相结合，在故事上也充满了内在的紧张。

比如在《面包与玫瑰》中，罗莎是玛雅的姐姐，但在玛雅积
极参与的一次示威活动中，罗莎却担当了不光彩的告密角色。在一
种紧张的氛围中当玛雅被告知这一事实时，她一时难以接受，随即
怒气冲冲地跑回了家里，准备对姐姐加以质问，但在这里她却得知
了姐姐多年的辛酸。影片在这里有一个戏剧性的转折：一开始是
玛雅对罗莎的质问，到最后则变成了罗莎对玛雅的质问。当玛雅质
问时，罗莎还在平静地熨衣服；而当罗莎开始质问时，玛雅却在她
越来越急切的语调中泪流满面了。当玛雅质问罗莎为什么要告密
时，罗莎只是平淡地说，"他们迟早要被开除的"。在玛雅越来越逼
人的质问中，罗莎也开始了她咄咄逼人的反问：她需要一份稳定的
工作，需要养活家人、救治患了肾病的丈夫，需要给墨西哥的家人
（包括来此之前的玛雅）寄钱，而为此她什么都做过，甚至做过妓

女，现在她的孩子都不知道父亲是谁，甚至玛雅现在的工作，也是她同上司睡觉换来的——这些真相震撼了玛雅。正是这样的罗莎支撑起了一个家和墨西哥的家，现在她是一个叛徒，但这却是她在无边的苦难中所选择的道路。为了家庭，她可以做一个叛徒，为了现在的利益，她宁愿牺牲可能的长远利益，为了自己（家庭），她宁愿忽视集体或阶级的利益。穷人残酷的处境，使他们的心也开始变得冷酷。（这在比利时影片《罗塞塔》中也有揭示。）这是一个复杂的角色，她的选择是对联合的最大挑战，但正因为处境的艰苦，他们也最希望改变，所以他们是联合的潜在支持者，虽然在斗争的反复中，他们也难免会动摇甚至叛变。发生在家庭内部的这种阶级或阶级意识的冲突，尤其令人揪心与感慨，不仅在《面包与玫瑰》中如此，在《风吹稻浪》《雨石》《我的名字叫乔》等影片中也有不同程度的表现。

在肯·洛奇对资本主义世界的批判中，尤其在他对无产阶级艺术以及"自我"的超越中，我们可以看到他的探索精神与活力，而这不仅为当代电影艺术的发展，也为改变不平等的世界格局与阶级关系提供了一种方向与可能性。

（《电影艺术》2008 年第 6 期）

新世纪德国电影中的"柏林墙"

　　柏林墙建造于 1961 年，是二战以后德国分裂和冷战的重要标志性建筑，1990 年被拆除，两德重归统一。柏林墙的拆除，作为东欧剧变中的一个象征事件，也被赋予了鲜明的意识形态内涵。新世纪以来，不少德国电影都涉及了这一事件，主要表现对东德以及社会主义传统的理解，其中既有意识形态的因素，也有民族主义的因素，同时也包含了对新的世界秩序与文明观的理解，呈现出一种较为复杂的状态，因此值得做出分析。

　　这些影片中，值得注意的有《柏林生活》(2000)①、《逃出柏林》

①《柏林生活》是德国 2000 年剧情片，荣获德国电影评论协会最佳影片奖，最佳男主角奖。柏林墙倒塌前，东德装甲兵马丁因为失手杀人被判处 11 年刑罚。在他服刑期间，世界发生了翻天覆地的变化：苏联解体、柏林墙被推倒、德国实现了统一。11 年后马丁出狱了，一个全新的世界摆在他的面前，他是否能适应新的生活？影片主要描写他与这个世界的关系。

（2001）、《一墙之隔》（2002）^①、《再见，列宁》（2003）、《窃听风暴》（2006）等，这几部影片都得到了广泛的欢迎，并获得了一些大奖，德国电影也在世界范围内产生了更大的影响。但如果我们将这些影片中的价值观视作德国的主流观念，可以发现支撑其核心的仍然是关于自由民主的价值观，而缺乏对这一价值观被意识形态化的反思。由此德国与德国电影在整个世界体系中，仍然处于美国与好莱坞的笼罩性影响之下，而不能发出更为独立的思考与声音，这是与德国区域性大国的地位不相称的，也是与丰富悠久的德国文化不相称的。

一、《逃出柏林》：空洞的自由

《逃出柏林》的故事发生在 1961 年柏林墙初建之时，主人公哈里伙同三名友人，花了 9 个月时间在围墙下面挖掘了一条 145 米长的隧道，贯通东西柏林，目的是为了让他们的亲人能够获得自由。他们在美国全国广播公司的资助下，终于完成这一壮举，让 29 名东德人能够跟家人在西柏林团聚，也让全球数千万观众目睹隧道的挖掘工作及逃亡过程。影片是根据真实事件改编的，前半部分较为缓慢，后面则逐渐紧张起来，推向高潮。整个故事细致但不冗长，多条线索相互交织但不紊乱，将真实性与戏剧性结合起来，具有一种动人的艺术力量，让人生发出对自由的向往，但问题也正出

---

① 《一墙之隔》的故事发生在 1982 年的柏林，德国当时被柏林墙分为两个国家——西边的联邦德国和东边的民主德国。17 岁的尼乐出生在西德，在那里长大。在她去东德参加祖母的葬礼时偶然间结识了热爱朋克摇滚的卡普汀。两人迅速坠入爱河。然而，一道柏林墙不仅仅从地理上将德国分开，也将两个相爱的人分开了。本片获得 2002 年德国摄影机奖最佳影片奖、2002 年德国影剧学院最佳剧本奖；并被提名 2002 年德国电影奖优秀电影奖及杰出个人成就奖。

在这里。

　　这部影片把东德人逃往西德视为对自由民主的一种追求，但逃到西德的人，在影片中并没有表现出来有多么"自由"，他们所可以做的事，似乎就只是"挖洞"，影片很少展示他们另外的生活，故事的焦点由"自由"转换成了一种感情与责任，一种拯救的热望，一种能否逃出的悬念。在这里，"自由"的命题被回避了，但同时也被绝对化了。仿佛西德天然地代表着"自由"，东德则代表着"不自由"。此处一个关键的问题是，影片的主人公逃离了一种体制，进入另一种体制，但影片对前一种体制的表现是具体的，因而也是丑恶的、专制的，而对后一种体制的表现是抽象的，它被赋予了象征性的美好却没有真实地展现——虽然是美好却是空洞的。影片的结构较为复杂，共有四五条线索相互交织，但每条线索都只是主题的一个侧面，而没有包容更加丰富的意蕴，在总体上呈现出了逃亡这一现象的多种可能，但却没有对逃亡本身做出更为深入的思考。

　　为什么《逃出柏林》中的"自由"是空洞的呢？这是因为：（1）西德的自由并没有想象的那么多，任何一种体制的自由总没有想象的多，西德作为一种资本主义社会体制，其民主自由是并不广泛也不彻底的；（2）相对于西德人，东德人在西德所得到的自由就更加少了。事实上，在西德人眼里，东德人是一种"二等公民"，不仅当时是这样，即使柏林墙倒塌多年后的今天也是这样。"柏林墙倒塌了，但不少德国人担心，一道隐形的'柏林墙'仍然横亘在德国东西部之间。德国经济研究所发表的一份上半年经济调查报告显示，目前东部地区的失业率持续上升，是德国西部的两倍。居民收入增长速度慢于西部，东西部居民之间的收入差距正在扩大。而最新的一份民意调查也显示，三分之二的德国人认为，国庆节一点儿也不值得欢庆，因为目前德国经济增长乏力。东部联邦州的人口也在逐渐减少，因为年轻人出于就业原因更愿意搬到西部。迄今为止，德国政府还没有找到解决这些问题的方法。德国经济研究所日前公布的一项调查显示，近八成的德国东部公民感觉自己是二等公民。"①《逃出柏林》没有涉及这些具体的社会矛盾，而只是以抽象的自由民主来加以掩饰。

在东德与西德之间的选择，并不像《逃出柏林》中表现的那样，仅仅是在"专制"与"自由民主"之间的选择，其实也是在国家公民与"二等公民"的选择，如果扩展来说，也可以说是在"主人与奴隶"之间的选择，或者说是在一种奴隶与另一种奴隶之间的选择。如果我们看一看俄罗斯、南斯拉夫、伊拉克等国家的现状，就会明白"自由民主"作为一种意识形态，在国际政治上只不过是霸权国家的一种招式。而东德被纳入西德之中而统一，可以说是一种隐蔽的解体，正因为隐蔽在同一个"德国"之中，它现存的问题不如俄罗斯等国家清晰，沃勒斯坦指出，"我们对现代世界体系的地缘政治所能做出的主要历史观察是：除了在中期维持其实力地位和优势外，大国几乎从不由于其它原因而采取干预行动。他们使用的说辞，无论是人权还是国家安全，大多都是空话，主要用来蒙蔽我们的眼睛。"②由此，我们可以说柏林墙的拆除并非自由民主的胜利，而是国际政治局势转变带来的结果，《逃出柏林》的处理过于简单化或理想化了。在这个意义上，影片中"美国全国广播公司"的赞助，可以说富有深意，让我们看到在逃亡的背后，不仅有对自由的向往，也有美国及其媒体的支持，而后者虽然若隐若显，却是一种决定性的力量。

《逃出柏林》对东德的批判是尖锐的，但它没有以同样尖锐的目光审视西德。作为对资本主义现代性的一种超越，社会主义现代

---

① 黄刚：《德国纪念柏林墙倒塌 18 周年》，《工人日报》2007 年 11 月 10 日。

② 《错误选择还是媒体圈套》，http://www.binghamton.edu/fbc/222cs.htm。

性在苏联与东欧失败了，但这一失败是乌托邦的失败，而并不意味着资本主义现代性本身不存在问题，影片简单地将西德作为自由的象征，论证其现实的合理性，正是冷战思维的产物，也是一种新的意识形态。当年曾经下达"最后一道命令"、解散东德人民军的特奥多尔·霍夫曼将军，也认为现在"不但是军队的士兵们受到不公正待遇，其它前东德公民也受到了不公正对待，这一点肯定会对两德统一带来不良影响。……虽然我是百分之百赞成两德统一，但是我觉得现在对于过去曾在东德政府和军队里工作过的人员，还有对科学家的一些歧视应该停止"。他同时指出："柏林墙对东德来讲并不是强大的标志，而是比较弱小的标志，因为这个国家的情况如果很好的话，人民就不会外逃。"① 他让我们看到一种较为复杂、理性的态度，这与《逃出柏林》的态度截然不同。《逃出柏林》的问题在于，不能以新的历史视野来重新审视这一历史事件，而以意识形态的单一向度来规约叙述，这在很大程度上削弱了其艺术上的丰富性。

如果我们将柏林墙视作一种边界，那么弱小者无疑更需要它，正如在全球化的今天，弱小国家更需要关税壁垒保护幼稚产业一样。在以民族国家为单位的世界体系之中，不存在普适性的自由民主，任何价值观都首先是一种文化政治。东德的失败首先在于文化领导权的丧失，其次在于行政领导权的丧失。只有拥有以核心价值观为基础的文化领导权，才能使一个国家具有合法性与说服力。《逃出柏林》让我们看到，一个丧失了文化领导权的国家是如何失败的。

---

①《最后一道命令》：他解散了东德人民军，http://bbs.tiexue.net/post_2251487_1.html。

二、《窃听风暴》与现代性问题

《窃听风暴》描述了东德安全局监视一对作家夫妇的故事。在影片的结尾，1989 年 11 月 9 日柏林墙倒塌，这成为故事的转折点，从此"自由"获得了胜利，历史在这里"终结"，东德不存在了，人类也走上了资本主义的"金光大道"，仿佛从此摆脱了黑暗与阴霾，迎来了一片明媚的艳阳天。

影片的戏剧性表现在两个人的"背叛"上，一个是作家的妻子，一个是负责监视的特工。作家的妻子背叛他们向往的自由民主，首先在身体上，其次在政治上，她都背叛了作家，投向了文化部长的怀抱，尽管她良心未泯，但求生的本能使她选择了告密。特工的背叛是对其职业的背叛，他在监听的过程中，对作家逐渐产生了同情，最后在紧要关头保护了作家，这一背叛在影片的中间已经开始，但并没有明确交代，随着结局的临近，才让人清楚地认识到，这种不确定性增强了影片的戏剧性与复杂性。而这两种不同方向的背叛，则丰富了"追求自由"这一故事的主线。但电影中为了突出这一主题，也显示出了自身的意识形态性。一个突出的例子是对"文化部长"的描绘。影片通过将他进行道德上的丑化（如强迫作家的妻子与他保持肉体关系等），而达到否定他所代表的社会主义政治与文化的目的。影片中，当德国统一后，这位文化部长再次见到作家，语含讽刺地说道："现在的联邦德国，真的是你们艺术家想要的吗？人们没有信仰，没有爱……"这样的问题不应只看作是他对过去世界或者个人权位的留恋，而应看作对当下社会的一种质疑。

苏联解体、东欧剧变后，有不少书籍和电影都在攻击与嘲笑社会主义，这或许不仅是西方意识形态的宣传，而与人类天性中的一个弱点有关，那就是要"审判失败者"，胜利者仿佛一切都对，而一切责任都在"失败者"一方。而许多影片包括好莱坞大片，之所以把假想敌设定为苏联、东欧，也与人类的另一个天性有关，那就是要确认自己是安全的，"危险"或"黑暗"已经过去了，是与现在的自己没有太大的关系的，只有通过对社会主义的"忆苦思甜"，才能更加确认现在的生活的合理性。所以不少观众看完这部影片的感受，就是"这样的社会终于结束了"，而这或许正是编导所要达到的目的。

但按照福柯的说法，现代社会本身就是一个"规训与惩罚"的社会，是一个监视性、控制型的社会，所以《窃听风暴》中的监视，是人类现代社会本身的痼疾，而不只属于"东德"或社会主义，在西方的"自由世界"也是存在的。而它之所以能战胜苏联等社会主义国家，不是在于它是自由的，没有监视与控制，相反却在于它的监视与控制更有效，正如军备竞赛一样，在这一点上它是超过苏联的，不同的或许只是，它在监视与控制的方法上更加巧妙、更加隐蔽、更加不易于被人察觉而已。《窃听风暴》表现了特务政治的失败，但却将这种特务政治与社会主义联系在一起加以"审判"，而没有反省当下的世界。沃勒斯坦最近在上海的演讲中谈到，苏联与东欧在其内部是国家资本主义，它们之间的关系则不过是复制了"资本主义的世界体系"，并不具备多少社会主义的因素。[①] 在这个意义上，"社会主义是一个新事物"，是处于一种萌芽状态的新的人与人之间的关系、国家与国家的关系、个人与国家的关系，是需要人类不断去探索与实践的。在这一点上，《窃听风暴》的批判过于简单化，它没有以更复杂、多元的态度对社会主义传统进行深入的反省。

---

① 《生活在后美国世界——在上海大学的演讲》，http://www.eduww.com/Article/Class27/200711/16336.html。

因此，《窃听风暴》中没有呈现出德国经验的复杂性，而只是以一种既定的意识形态，来确认当前的世界秩序，在总体上呈现出一种单向性的思维。比如其中只强调"自由民主"的价值观，却缺乏对民族主义与民族感情的表现，而这正是德国统一的重要动力之一，在这一点上，它甚至比不上《逃出柏林》，但正因为简单而出色地表达了一种意识形态，所以它获得了西方世界的广泛欢迎。

《窃听风暴》一经推出，便一路斩获了一个个大奖项。在德国本土创下了德国国家电影奖"金罗拉奖"提名最多的纪录——11 项提名，并最终获得包括最佳影片奖在内的 7 项大奖。此外还获得第79 届奥斯卡最佳外语片奖，以及欧洲电影节的最佳影片奖、最佳男演员和最佳剧本奖。这些奖项的获得，有对其艺术价值的认可——影片中的"不确定性""衬托与反衬"与"戏剧性转折"运用得比较好，使故事更曲折、人物更丰满，也更加耐人咀嚼——但更多的或许是对其意识形态倾向的肯定，当然很值得反思。

三、《再见，列宁》：母亲与社会主义

与上述两部影片稍有不同，《再见，列宁》对东德与社会主义传统持一种更为复杂的态度，它以一种精巧的构思呈现出了一个虚构的世界，将之与现实世界相对比，既有反思，又有怀旧，在艺术上具有一种独特的风格。

1989 年秋天，克里斯蒂娜突然心脏病发作，昏迷过去。在她不省人事的这段时间里，德国天翻地覆，她所挚爱的民主德国也解体了。"她的沉睡使我们尊敬的社会主义党主席和德意志民主共和国主席昂纳克同志的辞职变得没有意义。柏林墙被拆除了。在她的沉睡中，西柏林的市政厅举行了一场古典音乐会，这在后来引起一场巨大的文化革命。母亲在沉睡着，我第一次前往西德……她沉

睡中，第一次没有参加投票。在她的沉睡中，姐姐阿理娜放弃了她的经济学专业，在'皇牌'汉堡连锁店上班，她的男友是工人阶级的敌人——餐厅经理……1990 年 6 月初，东德的边境已经没有意义！"①

克里斯蒂娜苏醒后，为了不打击卧病在床的母亲，阿历克斯只好小心翼翼地隐瞒起德共下台、德国统一的消息，假装柏林墙还依旧矗立。于是就在他们那间公寓里，阿历克斯演出着一场民主德国繁荣昌盛的悲喜剧，他虚拟了另外一种历史的方向：母亲知道了西德人民生活在水深火热之中，大批西德人逃离家园来到民主德国，民主德国也敞开博大的胸襟迎接来自四面八方的西德人民……

影片中的母亲是社会主义传统的代表，自父亲 1978 年逃亡到西德后，她就将自己"嫁"给了社会主义。影片对待东德与社会主义的态度，也像对待"母亲"一样，认为尽管她不那么美好，却仍然是令人怀念的，这只是一种感情上的联系，在理性上并没有足够的反思，但编导却呈现出了一种复杂的态度。影片中代表社会主义传统的另一个人是列宁，他在开头与结尾以铜像的方式出现。在这里值得注意的是，导演选择的是列宁，而不是德国人马克思，或者通常认为代表社会主义的斯大林。不选择马克思或许强调的是社会主义的体制而不是学说，而不选择斯大林，则显示了导演并不强调在西方通常与斯大林相联系的专制、极权、残暴等，而希望以列宁的形象表达出一种对社会主义更温和，也更复杂的态度。此外，从宇航员到出租车司机，西格曼·简恩身份的变化代表了原东德精英阶层与高端产业的尴尬处境，他不仅联系着主人公童年的梦想，也显示出了德国统一后残酷的一面。

对西德，影片也没有表现出简单化的态度。在阿历克斯第一次

---

①《再见，列宁》台词，主人公的旁白。

去西德的时候，他就看到了"自由"的另一面——以脱衣舞为代表的物欲文化与消费文化，这固然是自由的，但却也是动物性的。影片中的父亲，也表达了作者的复杂性态度。对于阿历克斯来说，他虽然是父亲，但已不是留在童年记忆中的父亲了，在现实中他有了另一个家庭与另外的生活，而且他是从西德归来的，又处于社会的精英阶层，这些伦理、国家、阶级上的区别都在他们之间划出了一道鸿沟。如果说母亲代表着东德，那么父亲则代表着西德，尽管他是"自由"的，但同时也是冷漠的、不负责任的、有隔膜的。同样，姐姐的男友，一个来自西德的"资产阶级敌人"，在具体的生活中也是一个麻烦制造者，而并不是自由民主的象征。

《再见，列宁》对历史的反思，站在了一种新的历史高度。日本 NHK 关于柏林墙倒塌的纪录片《欧洲野餐计划》，曾经披露了戈尔巴乔夫对东欧"改革"默许的态度，柏林墙倒塌也是"改革"带来的后果之一。但《布拉格群岛》的作者、苏联著名的"反对派"索尔仁尼琴，也对当年支持的苏联解体、东欧剧变进行了反思，他在今年 7 月接受德国《明镜》报的采访时指出："戈尔巴乔夫的领导作风表现出令人吃惊的政治幼稚、缺乏经验和缺乏对自己国家的责任感。这不是在行使权力，而是愚蠢地放弃权力。西方对他赞赏，他感到这是对他的行为方式的认可。"[1] 这一批评不仅适合戈尔巴乔夫，也适合当时东欧与东德的政治家。如何重新评价柏林墙事件，如何重新认识东德与社会主义传统的价值，不仅是政治层面的问题，也是包括电影在内的思想文化界应该探讨的。

在《再见，列宁》中，导演表现出了对东德与西德的双重性反思。他对东德有批判也有留恋，对西德有向往但也有反省。这一切

---

①《索尔仁尼琴谈戈尔巴乔夫和叶利钦》，http://www.eduww.com/Article/Class4/200801/17221.html。

以一种喜剧性的方式呈现在我们面前，让我们看到历史并没有在柏林墙倒塌时"终结"，冷战虽然结束了，但人类所面临的问题并没有一劳永逸地得到解决。

如果说柏林墙的倒塌象征着冷战的结束，那么这为人类提供了一种契机，可以使以前相互敌对的思想与体制互相交流与激荡。如何以一种更复杂、多元的态度审视与总结二者的经验与思想，而不是以一种叙述压倒另一种叙述，或者以所谓"普适性"的文明来解释与抹杀其他传统，这是我们应该思考并面对的。

在被冷战分裂的民族国家中，德国是目前唯一实现和平统一的——既有社会主义历史，也有资本主义的历史。在资本主义现代性已得到充分合理化的今天，应该更充分地正视东德与社会主义的传统，只有这样，才能发展出新的思想与新的文化，以面对人类面临的现代性问题。但就《柏林生活》《逃出柏林》《一墙之隔》《再见，列宁》《窃听风暴》这几部作品来说，真正能够做到这一点的并不多，如果只是在意识形态上强调自由民主的价值，我们似乎只看好莱坞就够了，没有必要关注更加丰富多彩的其他地区的电影。在"全球化"的今天，这似乎是一种通行的思考模式，但正是在这样的思路中，却隐藏着同质化与单一化的危险。而如果一个国家不想让民族文化与民族记忆在"全球化"中沦亡，就应该在地方性知识与经验的基础上，提出新的问题与新的思考范式，从而发展出新的电影与新的艺术，而这，不独德国电影为然。

（《电影艺术》2008 年第 2 期）

海伦·斯诺:"新世界的探索者"

一

　　我在旧书摊上买了一本《一个女记者的传奇》,是海伦·斯诺写的自传,封面很旧,纸页也已经泛黄,但是读着这本书,我却好像走进了一个生动活泼的历史世界。海伦·斯诺是埃德加·斯诺的夫人,埃德加·斯诺的《西行漫记》最早向世界讲述了中国红军与延安的故事,在海内外广为人知,相比之下,海伦·斯诺的知名度略有逊色。在读这本书之前,我虽然知道海伦·斯诺,但印象中只以为她是埃德加·斯诺的夫人和助手,并不知道她也是一位著作等身的作家,是一位著名的记者。后来我想,造成这一印象的原因:除了个人知识的贫乏之外,也有一些客观原因,一是海伦·斯诺的重要著作《红色中国内幕》在国内大多翻译成《续西行漫记》,既然是"续",便会让人感觉似乎是依附性或后续性的作品;二是《红色中国内幕》虽然与《西行漫记》同样重要,但毕竟不是"第一部",在原创性与开拓性上略逊一筹;三是此书发表时海伦并没有署名,而是用了一个笔名尼姆·威尔斯。如此,相比于埃德加·斯诺，海伦·斯诺便有些边缘化，较少为人所知。1980年代以后，国内对革命史的热情顿减，对于外国人讲述中国历史的著作，我们更多关注的是《拉贝日记》《明妮·魏特琳日记》（如在《金陵十三钗》和《南京安魂曲》中）、白修德《中国的惊雷》（如在电影《一九四二》中）等作品，在这样的情势之下，始终关注中国革命的海伦·斯诺便相对受到了冷落。

《拉贝日记》《明妮·魏特琳日记》讲述的"南京大屠杀"，《中国的惊雷》记述的"河南大饥荒"，都是中华民族历史上悲惨的一页，是中华民族的"受难史"。如果只读这些作品，我们看到的便是一幅幅人间惨象，很难理解中国为什么能够浴火重生，为什么在遭遇如此深重的苦难之后仍然能够恢复生机？海伦·斯诺的著作恰恰回答了这个问题，她让我们看到了一个新的世界，一种新的"中国人"。这里的底层民众不再是逆来顺受忍死偷生的人群，而是组织起来掌握自己命运的大众；这里的社会组织不是如国民党政权那般充满了贪腐、内耗与倾轧，而是充满了理想、信仰与乐观精神：在这里，海伦·斯诺看到了中国的未来与希望。我们可以想象，在暗无天日似乎看不到任何出路的中国，埃德加·斯诺和海伦·斯诺对延安的发现，是怎样唤醒了中国青年的心，是怎样震惊了整个世界。

在75年后的今天，当我在暗夜里追随海伦·斯诺1937年的身影与笔触，走进一个新世界时，也仍然难掩内心的激动。然而令人疑惑的是，一个美国人，一个20多岁的青年女性，一个并不信仰共产主义的人，为什么千里迢迢，从美国到中国，从北京到延安，到那么艰苦的环境中去采访一批陌生的中国人？即使在今天，这也是一件并不容易做到的事情，而在战乱频仍、局势复杂的1937年，就更加充满风险了。只有意识到海伦·斯诺与当时中国的差异，我们才能看到她跨越了多么巨大的鸿沟。

海伦·斯诺1907年出生于美国犹他州锡达城一个中产阶级家

庭。在 24 岁时，她乘坐"林肯总统"号客轮驶抵黄浦江上海码头，"这是 1931 年，离开家已 3 个星期，有 5065 英里远。我打算最多待一年。直到 1940 年 12 月我才离开亚洲，很高兴能在前一年逃脱了珍珠港事件"，海伦后来写道。在一位美国研究者的眼中，海伦·斯诺最初到中国来，"没有什么崇高的理想或利他主义，促使海伦产生到中国来的愿望，而是谋求自身进取的热望，才使海伦敢于冒险，进行了 1931 年跨太平洋的旅行。海伦来中国的动机，与建立自己的声誉，丰富阅历，以便当个'大作家'的想法有关。"（凯勒·A.朗恩）这个读过赛珍珠的《大地》、E.T.威廉斯的《中国的昨天和今天》的青年人，怀抱着成为一个大作家的愿望，踏上了中国的土地，这是 1931 年的中国。

到中国的第一天，海伦·斯诺就遇见了埃德加·斯诺，两人一见钟情，开始了共同的事业。他们从上海到北京，又于 1936、1937 年先后到达苏区，在那里的采访让他们写出了震惊世界的《西行漫记》《红色中国内幕》，第一次向世界讲述了中国共产党人的故事，让海外媒体看到了他们的形象与精神，以及中国的未来。在今天，这是我们都已经熟悉的事情，因而我更感兴趣的是一些细节，是与我们通常印象中不同的斯诺夫妇的形象。

比如他们婚礼的盛大，"我不顾许多麻烦，坚持要在圣诞节的正午在东京的美国使馆结婚，由未来的大使约翰·阿利森和他的未婚妻珍妮特作证婚人。之后，我们在皇家旅馆穿上了日本的结婚和服。我穿的和服是手工印染的黑色绉绸的，有一条拖到地板上的裙子和袖子。上面有一半有大红色的丝的条子——在中国和日本，新娘一定要穿红颜色——还有一个红的和金色的织锦腰带。和服的下摆周遭是起伏的蓝色和白色波浪和白色海鸥在上面飞翔的图案。我觉得我似乎是从海上升起的希腊女神阿弗洛狄忒，只是穿了冬衣。我们开始在日本各地小旅馆度蜜月，坐在草垫上吃素烧。在滨海的热海我们发现了为完美的蜜月安排的纯粹好莱坞的布置：房间有纸糊的窗户，两边镶着竹壁，小旅店伸出到海面上，北斋画里的波浪在底下击荡着。……"

再比如他们在北京生活的"豪华"，"在北京，你可以设计你想要的任何东西，花的钱不比在商店买的多。我过着豪华的日子。……装置整所房子的全部开支大约是 100 美元，或 400 ～ 500 块银元，我们在北京期间，每个月日常生活费用是 50 美元——而且生活得像王子一样。……每个月房租 15 美元，两个仆人 8 美元；中国家庭教师费用 5 美元。……在北京，晚餐至少要有两种酒，甜味葡萄酒和红酒。我们得遵守这个习惯。……我由衷地赞成英国人的一个习俗，爱狗和马。我们的狗是白色的，漂亮的。它的名字叫戈壁，原因是它的祖先来自沙漠……"

再比如，在与斯诺结婚后，海伦仍有不少"追求者"，"我在中国的地位对我极其重要，绝不能毁于一件'乱七八糟的事'。我必须是凯撒大帝的妻子，纯洁又纯洁。我可以有几个'特殊的关系'，但是条件是无论外表也好，实质也好，我必须忠诚于丈夫，而且一开始在我的爱慕者脑子里就得树立这些根本原则。我小心翼翼，航行在正确的航道上，埃德认为理所当然地我会那样做——但是骨子里却产生了嫉妒。"

这些层面的海伦·斯诺对我们来说是陌生的，因为在我们一般的印象中，斯诺夫妇是中国革命的同情者与报道者，是与苦难深重的中国紧密联系在一起的，这在抽象的意义上并没错，但我们常常会忽略了，他们是生活在具体现实中的人，他们有着美国人的生活习惯与思维方式，也有着他们所属的中产阶级的道德伦理观念，在 1930 年代的中国，他们作为美国人是受到特殊保护的群体，这和中国社会普罗大众风沙扑面、艰难拮据的生活方式有着极大的不同。当然，指出这一点并非要否定斯诺夫妇对中国革命的贡献，恰恰相反，我们是把这些贡献放在他们所生活的整体环境之中，这样在与中国人生活方式的"差异"中，我们就可以更加看出斯诺夫妇的可贵，也可以看到他们作为具体"个人"的丰富性与复杂性，这也正是历史的迷人之处。

尽管有着种种差异，作为追求进步的人士，海伦和斯诺却热情参与中国的学生运动与社会活动，也是在《一个女记者的传奇》中，我才第一次知道，斯诺夫妇不仅与延安、与共产党有关，他们还与中国现代史上的其他大事有着千丝万缕的联系，其中最重要的是"一二·九运动"、西安事变，以及1972年的中美会谈。

在1935年底爆发的"一二·九运动"中，斯诺夫妇发挥了独特而重要的作用。在学生运动爆发之前，燕京、清华大学的学生领袖黄华、姚依林、龚普生、张兆麟、张淑义、陈翰伯等人，便时常到斯诺家中来，这里成了他们的一个据点，一个酝酿与讨论的中心，也是躲避军警追捕的避难所。在学生运动中，斯诺夫妇也参与了游行，以他们的特殊身份掩护学生，并且撰写稿件、翻译学生运动的宣言在海外发表，在舆论上造成了很大的影响。

"一二·九运动"对驻军在西安的张学良产生了巨大的震动，一些参与运动的青年学生参加了他在东北军中组建的"青年团"，他们成功地使这位当时中国的二号人物从法西斯主义转变为"反法西斯主义"。张学良对蒋介石"攘外必先安内"的政策消极对待，与红军停战，接受"抗日民族统一战线"，并最终发动了"西安事变"。

"从1935年开始，是这些燕京—清华的学生作了左翼分子和共产党同西方之间的联络员。他们是1972年和解的工程师，那时是埃德加·斯诺得到了毛泽东允许尼克松总统来北京的承诺，因此'新中国'—美国的友谊是1935年12月9日在北京诞生的。"

在这些影响现代中国命运的重大事情上，我们可以看到斯诺夫妇的身影，在那个风雨如晦的年代，他们仿佛翱翔在惊涛骇浪之上的两只海燕，是那么矫健。

二

　　进入苏区，是斯诺与海伦生命中最具华彩的段落。斯诺 1936 年到达了延安，海伦则在 1937 年到达了延安，一路上他们历经艰险，穿越了重重障碍。如果说斯诺进入苏区，是在东北军与红军停战的间隙，他的行动也出乎国民党政府的意料之外，那么当斯诺的文章陆续发表、引起国际上的广泛关注之后，海伦再一次进入苏区，则是难上加难了。另一方面，当时的政治局势也发生了重大而微妙的变化，时间正是在"西安事变"之后，"七七事变"之前，蒋介石对待抗日的态度尚不明朗，国民党政府与东北军、苏维埃政府之间的关系微妙复杂，而又瞬息万变。在《一个女记者的传奇》和《红色中国内幕》中，海伦描述了她进入苏区的艰难历程，这简直像一篇历险小说一样惊心动魄，"……12 点 45 分，墙缝里仍然看不见点香烟的亮光，我的心都沉下去了。但是我可不打算错过任何机会。我用尽平生之力吸一口大气，跳出窗外——居然没有扭伤脚脖子！这天夜里月色特别好，但我以全速跑过楼房和大墙之间的 20 码空地时，投下了长长的身影，很容易被人察觉。……可是，我房间的窗子太高，不能再爬回去了，也不会有人来接应我。只有试试这最后一招：我等院子里的巡逻队一过去，就向大门口冲去，想用命令式的语气强行通过……我得穿过大院的边缘，几次挣脱钉在一边的铁丝网，而我那高大清晰的身影，约有 10 码长，不住地在明亮的月光下上下晃动，好像故意和我恶作剧……我到了大门入口处，总算没有让大楼前的人看见，然后，以庄重的步子走向铁门。……我一直处于恐怖之中，唯恐招待所门口的警察到里面查问，或是侦探已经在追捕我了。我简直快要放弃寻找一切门路的希望了，这时我忽然看到一辆自行车飞掠而过。'喂！'我大喊一声，认出这个人像是我那位朋友。"——正是在这位朋友的帮助下，海伦逃出了层层军警布下的罗网，抵达苏区。在 4 个月之后，当海伦离开苏区进入西安时，经历了同样一番历险，她还要为这次出逃付出代价。

海伦不惜冒着生命危险去搜集素材，最终写成的《红色中国内幕》(又译《续西行漫记》)，究竟是怎样一部书呢？我手头的这本书是解放军文艺出版社 2002 年第 1 版，而距离海伦 1938 年 9 月完成此书，至今已经 74 年了。在这些年中，中国已经发生了天翻地覆的变化，在《红色中国内幕》中，我们可以看到中国发生变化的根源与动力。全书共分五部分：第一部分"到苏区去"描述了海伦到苏区之路的艰辛。第二部分"中国苏区之夏"、第三部分"妇女与革命"、第四部分"从苏维埃走向民主"构成了全书的主体，描述了海伦对中国共产党重要人物的采访，以及她采访的经过。第五部分"中日战争"，主要描述的是海伦对当时中日战争形势的分析。海伦在对苏区采访的基础上，确定了中国必将胜利的判断，同时她也指出中国必胜的前提是变单纯的政府抗战为"全民抗战"，这是极具见识的。她去采访时，蒋介石政府尚未开始全面抗战，而她完成此书时，抗战正处于最初的困难时期，国民党军队节节败退，华北、华东的大城市陆续沦陷，像她这样在中日力量对比中鸟瞰全局的分析与判断，颇具穿透历史的洞察力与预见性。

当然书中最重要的是主体部分，在这三章中，海伦从政治、经济、文化等各方面介绍了苏区的状况，尤为重要的是，她提供了 34 篇中共重要领导人的"小传"，包括朱德、周恩来、蔡畅、徐向前、叶剑英等，这对斯诺的《西行漫记》是一个极大的补充(《西行漫记》中只有毛泽东、贺龙等少数几个人的"小传")，可以让人们更为清晰地了解苏区的整体情况，也让共产党重要领导的个人形象更多地为人所知。海伦之所以能够采访到这么多共产党的高级领袖，一是当时正值中日战争的关键时期，很多军队的领导人回到延安来开会；二是毛泽东、朱德等人高度重视她的来访，在她到延安的第二天，就亲自到她的住处去看望，为其他人接受采访树立了榜样。这些人物"小传"，可以让我们从这些领袖个人经历的角度理解中国革命，更加形象、具体，更具说服力。这些"小传"的价值可以体现在这样一件小事上，当1970年代海伦再次访问中国时，她发现当时关于朱德"个人经历"的描述，仍没有超出当年她的记述。

　　或许是身为女性，相比于《西行漫记》，海伦在《红色中国内幕》中更加关注妇女问题，她不仅专门介绍了向警予、蔡畅、刘群先、康克清、丁玲等重要人物的传奇经历，而且对"红色共和国的妇女"的群像和她们的生活状态做了描绘。她认为在苏区妇女的地位大大提高，在政府部门、群众组织、各生产部门甚至军队中都发挥了重要的作用，"当红星像一颗彗星在中国西北大地的上空掠过时，当地妇女所受的震动最大，她们从沉睡中觉醒，更重要的是一个崭新的世界展现在她们面前。"

　　与《西行漫记》一样，《红色中国内幕》在海内外产生了巨大的影响，此书1939年在纽约出版后，《纽约先驱论坛》便在头版发表评论称赞，"她有写游记的天赋，有这种以殷实材料，源源不断地叙述幽默风趣、五彩缤纷的奇闻轶事的天赋"，该书"富有戏剧性，有声有色，充满激情，有新的材料，应当使它成为一本畅销书"。武际良在《海伦·斯诺与中国》一书中说："……胡愈之，又立即将海伦的书稿组织翻译成中文，并把这本书秘密带往香港、新加坡、印尼等地在广大华侨、华人中广为传播，引起了巨大的反响。许多华侨青年读到这两本书，返回祖国奔赴延安，走上抗日救国前线。"

　　1972年海伦重返中国时，在湖南遇到过一位当年读过此书的年轻人，"李振军是一位老革命。他腋下挟着一本破旧的书，请海伦亲笔签名。海伦把书接过来一看，是一本中文版的《续西行漫记》。李振军对她说：'我做梦都没有想到我能够见到你。很久以前，我读了你的书，写得很成功，很漂亮，我看到了里面的照片。这本书不同于其他书，这是一本经典著作。我在延安抗大学习过，我一直把你的书带在身边，让别人读，一直很好地保存着，后来又让我的孩子读。我从延安到了冀北，一直作战。每当我们追击日寇时，我总是把你的书放在一个特别的地方。我把它藏在一户贫农的家里，打完仗回来再取它。'……听了李振军的这一席话，海伦大为感动，她说：'去延安，写那一本书，只为像你这样的一个人去读，也是值得的。许多年来，没有什么比我看到你拿着这本破旧的书使我更高兴的了。'"

作为一个作者，海伦是幸福的，而此书也使她与中国结缘，成为最著名的中国的报道者之一。即使在今天阅读此书，我们仍然会为书中流露出的对中国命运的关心、对人类解放与正义事业的热情所感动。在读这本书时，我心中时常会闪现出两个似乎矛盾的形象：一个是时髦的美国女郎，一个是苦难深重的中国及奋发进取的共产党人群像。后者是由前者表述出来的，我想海伦的重要性或许也正体现在这里——她的身份与形象，使中国苏区的故事在美国与世界、在资本主义的文化逻辑中更容易传播与接受，而她之所以去苏区采访，恰恰是被共产党人的理想与文化所吸引，这看似一个悖论，却让我们看到了一种奇妙的力量。

三

1949年海伦与斯诺离婚，在不少中国人看来，这似乎是难以理解的，两个人看上去那么和谐，又有共同的事业，怎么会那么轻易就分手了呢？事实上，1937年海伦返回北京后，一直与斯诺并肩作战，两人各自出版了《西行漫记》与《红色中国内幕》，并与路易·艾黎一起发起了"工合运动"，倡导工业合作社以支援中国抗战。1942 年，海伦和斯诺先后回到美国，像英雄和电影明星一样受到了极大的欢迎。但是他们各自忙于事业，聚少离多，长时间不生活在一起，斯诺写道："我同尼姆（海伦的笔名）在美国重逢时，爱情的影子已经从我们的眼睛里消失了。互相违约而不是互相信任，是问题的焦点；我们见面时，不再是情投意合，而是反目相眦。重温旧好的努力全部付之东流。"1945 年，他们两人正式分居，斯诺在日记中写道："只要遇到理想的女性，我想尽快地再结婚，生几个孩子，有一所有孩子的住宅，有农场，有花园，但是，我还没有遇见最合适的女人。"1946 年春，斯诺邂逅了女演员洛伊丝·惠勒，很快坠入爱河。"1947 年 2 月的一天，斯诺从国外采访回来，他提着旅行箱回到麦迪逊。当他悄悄地站在小农舍的后门门口时，听见屋里传出海伦正在埋头写作，飞快地敲击着打字机键盘的咔哒、咔哒声，他犹豫着，几次举手想敲门，却又放下手来。最终斯诺迈着沉重的步子悄然离去，从此再也没有回来。"1959 年，斯诺举家离开美国，迁往瑞士居住，1972 年在日内瓦的家中病逝。

　　海伦与斯诺离婚后没有再婚，一直居住在麦迪逊那所小房子中。对于离婚，她虽然不无遗憾，但也接受了，多年之后，她写道："我想到这两个 20 多岁的年轻人——他们多么勇敢，他们向人们要求的，甚至他们相互之间要求的，是多么少，而他们献出的，又是多么多！他们从不提起，连他们之间也不提。这个经验应有比 1949 年离婚更好的结尾，可是这样的结尾已寓在其中。没有委婉动人的情节，没有悲剧，没有冲突，没有善与恶的斗争，哪有好的戏剧呢？"《海伦·斯诺与中国》中分析："海伦和斯诺在思想观念上对中国的事情志同道合，是在事业和工作上富有合作精神的令人羡慕的一对夫妻。他们都独立思考，目光敏锐，眼界开阔，有事业心，工作上配合默契。……但是，他们各自的性格、气质、作风和对个人生活上的理念和态度上却相去甚远。海伦热情好动，喜欢交际，爱争论，心直口快，做事麻利，追求事物的完美，并有点争强好胜；斯诺则生性文静，思考缜密，做事从容不迫，为人随和，有风度，个人生活随意，不修边幅，喜烟嗜酒，在小事上漫不经心。他们结婚十多年而始终未能磨合，谁也不想改变自己。这使他们的关系越来越紧张，时常发生争吵，最终只好分手。"

此后，海伦一直生活在美国，在1950年代麦卡锡主义甚嚣尘上时，她由于与中国共产党的密切关系，曾受到美国国会非美活动调查委员会的调查。她的生活一直很清贫。在写作之外，她没有正式职业，数十年她写作了近50部书稿，其中很大一部分是与中国相关的，但是能够公开出版的很少，她靠为别人查家谱增加一点收入，但也很有限。1972年中美会谈之后，中美两国的关系逐渐正常化，海伦于1973年、1978年两次重返中国，受到了中国领导人的接见，朱德、康克清、邓颖超等人与她亲切会谈。更具传奇性的是，1979年邓小平访美期间，她将一张毛泽东的纸条赠送给了邓小平，那是1937年海伦离开延安时，毛泽东亲笔写给任弼时、邓小平的纸条，内容是请当时在前线的他们给海伦以帮助。

在这里，需要提及的是，海伦来中国的旅费是她自己筹措的，"黄华曾向海伦提出，中国有关部门愿意为她负担整个旅行的一切费用，海伦谢绝了老朋友的盛情。她说：'不论是埃德加·斯诺还是我，从不接受任何政府或团体一分钱，如果接受了，我就失去了读者，我们是独立思考者。'"海伦长期生活贫困，生活拮据，为筹措旅费变卖了不少自己的心爱之物，但是在她身上，我们也看到了一个知识分子最可宝贵的品质，这也是海伦让人钦佩的重要原因。

《一个女记者的传奇》初版于1984年，是海伦对自己在中国的岁月的回顾，这部作品的引人入胜之处在于，它既讲述了海伦个人的故事，也讲述了中国的故事，让我们从一个不同的角度去重新看待中国历史与中国革命。在这部书中，我们可以发现一个外国人的视野，在谈到相关事物时，海伦总会以西方文化中的人物与事物做譬喻。比如在写到彭德怀时，她说："他在红军中是最出名的最清教徒式和苦行僧式的人，奥利弗·克伦威尔和彭比起来，这方面还是大有逊色的。"再比如，"所有关于中国共产党的谎言和怀疑犹如耶利哥的城墙在真理的号角中倒塌了，这真理就是一篇报道。"在今天我们很少看到这样的比较和比喻，海伦的独特视角给我们带来了一种新的眼光。而"戴维以一种家长式的目光打量每一个人。五个人围坐一圈，黑发的头都向前俯着，几乎碰在一起成一个圆圈，紧张地低声谈论着"，描述的则是"一二·九运动"中学生领袖的秘密会议，这里的戴维是当时 24 岁的俞启威。如果不了解背景只读此段文字，或许会以为在读外国小说，这样的陌生感来自于海伦看待中国的眼光——她是在以西方文化的眼光看待中国，而我们通过她的眼光看待熟悉的中国，也获得了一种新鲜感。

海伦还有不少著作出了中文版，如《中国为民主奠基》《中国新女性》《七十年代西行漫记》《重返中国》《毛泽东的故乡》等。一位海外研究者说，"海伦是幸福的，她的书在美国未能出版，在中国却一本接一本地出版，这对海伦晚年孤寂的心，是多么大的安慰啊！"

我手中还有一本斯诺编辑的现代中国小说集《活的中国》，这是海伦协助斯诺在 1936 年编选的，书中收录了鲁迅、柔石、茅盾、丁玲、巴金、沈从文、萧乾等人的短篇小说，是向海外推介现代中国进步作家的作品。海伦还为此书写了一篇《现代中国文学运动》介绍五四以来中国文学的发展。斯诺在序言中评价此文说："作者是研究现代中国文学艺术的权威。此文是在对原著作了广泛而深入的调查研究的基础上写的，执笔之前又曾同中国几位最出色的文学评论家商榷过。我相信这是第一次用英文写成的全面分析的探讨。"
在 1983 年出版的这本中文版的序中,萧乾说:"文中尽量详细而具
体地揭露了、义正词严地声讨了国民党反动派对左联作家的迫害和
血腥镇压……不管文章有多少错误,她的出发点是明确的:为了使
世界进步人士了解、注意并重视中国新文艺运动。"

海伦于 1997 年去世。在那之前,她获得了来自中国的一些荣
誉,也在她的小屋中接待了很多中国朋友。海伦对中国始终饱含深
情,她在《永恒》一诗中写道:"我愿在墓中面向东方,那是太阳升
起的地方。"在去世之前,海伦曾有一个心愿,想将她与斯诺在中
国的经历拍摄成一部故事片,但是这个计划却没有实现,原因一是
在美国筹措资金十分困难,二是斯诺后来的妻子洛伊丝拒绝合作,
洛伊丝想拍自己的片子。在中美文化交流日益频繁的今天,我想如
果以海伦与斯诺在中国的故事拍摄一部影片,将会是极富历史价值
与象征意义的,这是一部真正传奇性的"史诗":两个美国青年在
1930 年代来到苦难深重的中国,以他们的敏锐与正义感寻找到了改
变中国命运的动力,并融入了中国革命之中,而他们之间的爱情故
事又是那么动人心魄、荡气回肠。我想这样的影片,将会最终完成
海伦的心愿,也将会为我们呈现一个更加真实的中国———一种不同
于《金陵十三钗》《南京!南京!》《一九四二》等影片的"活的中
国",这将会是一部具有社会与市场效益的"中国大片"。当然相对
于海伦所给予中国的,我们所回报给她的还是太少,我想,只有更
多中国青年像当年的海伦与斯诺一样,为正义而奔走,甚至超越国
族的界限,超越自身的局限,才能使他们真正感到欣慰。

(《大家》2013 年第 1 期)

赛珍珠：如何讲述中国的故事？

一

　　我很早就想读赛珍珠的书，但一直没有买到。这一次，我托了人文社的朋友，好不容易才找到了一套《大地》三部曲。书的装帧印刷很精致，但印数只有 3000 册，难怪要买一套有这么难呢。赛珍珠的书为什么如此难买呢？我想了想，可能有三个原因：一是我国文学界对赛珍珠的评价普遍不高，茅盾曾批评赛珍珠的小说歪曲了中国农民的形象，巴金也说，"我从来对赛珍珠没有好感……她得了诺贝尔奖金还是原来的赛珍珠"，胡风也认为"《大地》虽然多少提高了欧美读者对中国农民的了解，但同时也就提高了他们对于中国的误会"，鲁迅对赛珍珠也颇有微词，但他也自省"……译文，或许不太可靠"，此外赵家璧、江亢虎等人都曾对赛珍珠进行过批评。二是美国文学界对赛珍珠的评价也不高，尤其是在她 1938 年获得诺贝尔文学奖之后，诗人弗罗斯特甚至说，"如果她能得诺贝尔文学奖，谁都能得"，福克纳也说，"情愿不拿诺贝尔文学奖……也不愿意同辛克莱和'中国通'布克夫人之辈得奖人为伍。"这里不乏嫉妒的因素，但同时也有文学观念的差异。赛珍珠的小说主要以中国为题材，在文学市场上也是最热门的"畅销书"，在弗罗斯特、福克纳看来，或许不能说是主流的"美国文学"，而在美国文学的传统中，赛珍珠也常与《飘》的作者玛格丽特·米切尔以及《所罗门之歌》的作者托尼·莫里森相提并论，她们作品的畅销也影响了她们在精英文学界的评价。三是在1950—1960年代，苏俄文艺界与中国文艺界曾经对赛珍珠进行批判，谢尔盖耶夫的《破产的"中国通"——赛珍珠》的中译文发表在1950年的《文艺报》上，后来中国学者还发表过《赛珍珠——美帝国主义文化侵略的急先锋》《美国反动文人赛珍珠剖析》《猫头鹰的诅咒——斥赛珍珠的〈北京来信〉》等文章，这些文章主要以政治性的观点批判赛珍珠的作品。——这样，无论在文学上还是在政治上，赛珍珠的影响都趋于式微，或许这正是她的作品在今天不易买到的原因。

赛珍珠和中国有着不解的缘分，她于1892年6月26日出生在美国西弗吉尼亚州，出生后才3个月，便随着做传教士的父母来到了中国，在她前40年的人生中，除了在美国读大学和硕士的时间，都是在中国度过的。他们一家先是住在苏北的清江（现在的淮安市），在赛珍珠4岁时迁到长江边上的镇江，赛珍珠在这里度过了她的童年和青少年时期。在美国弗吉尼亚州的伦道夫·梅肯女子学院毕业后，赛珍珠又回到镇江，一边照顾生病的母亲，一边在一所教会中学教书。后来，赛珍珠嫁给了年轻的农业经济学家约翰·洛辛·布克，跟随丈夫在皖北土地贫瘠、生活落后的宿州生活了两年半。1919年，赛珍珠又随丈夫到金陵大学任教，在南京生活了12年，在这里的一座阁楼上，她几乎完成了所有后来获得诺贝尔文学奖的作品。1931年，《大地》在美国纽约出版，引起轰动，赛珍珠也一夜成名。1934年，赛珍珠与丈夫的关系出现裂痕，她离开南京回美国定居。次年她与布克离婚，嫁给了她的出版商理查德·沃尔什，从此她就再也没有回到过中国。

《大地》是最早为赛珍珠赢得名声的作品，在这部作品中，她讲述了一个中国农民的一生，展示了那个年代中国人的生活方式与内心世界。在我们今天看来，《大地》的故事有些奇怪，因为它所讲述的是一个农民如何变成"地主"的故事，也即是说，赛珍珠所展示的是传统中国社会的一种常态：一个贫苦的农民如何创业，如何买地，如何娶妻娶妾，最后如何成为一个大家庭的家长，以及当地有名望的地主。我们可以说，赛珍珠所描述的是千百年来中国农民的梦想和生活轨迹。但是恰恰在这个地方，20世纪中国的"新文学"有着不同的视角与思路，我想鲁迅、茅盾、胡风等人之所以批评赛珍珠，原因就在这里。鲁迅、茅盾等人的小说置身于中国内部，批判中国农村现状的不合理，强调变革，注重农村中的时代性，这与赛珍珠小说中更加注重"稳定的一面"有着鲜明的不同。从赛珍珠的视角，我们可以重新审视20世纪中国"新文学"的面向。

在《阿Q正传》等小说中，鲁迅对"国民性"有着深刻的批判，但我们可以看到，像阿Q这样的人物并非中国乡村的常态，而是一种"变态"，鲁迅所着重发掘的也是他"性格"中自欺欺人与自相矛盾的因素；而与之相比，赛珍珠在《大地》中把握的则是一种"常态"：传统乡村中农民王龙的"经济"生活，他对土地、女人的热情，以及"发家致富"的愿望。另外，鲁迅笔下的乡村是分裂的，他对之既满怀眷恋（《故乡》《社戏》），又带着批判的眼光（《祝福》《风波》）；而赛珍珠的态度则是一贯的，她的眼光平淡而疏远，当然这与她的身份与视角有关，她并不能像鲁迅一样切身体会到中国乡村的温暖与疼痛，但她无疑也提供了观察中国乡村的一种视角。与茅盾的《春蚕》《秋收》《残冬》等"社会问题"小说相比，赛珍珠的小说并不着重于乡村中存在的时代性"问题"，而注重从主人公的人生问题去把握乡村；与沈从文的《边城》等以理想化的笔触去建筑"人性的希腊小庙"不同，赛珍珠所描述的也不是虚幻的、诗意化的乡村，她笔下的中国乡村是朴实自然的。

如果与新中国成立后中国作家的小说相比，或许更能看出赛珍珠《大地》的不同。"新文学"发生以来，中国作家几乎从未写过一个农民如何变成"地主"的故事，这在社会主义时期文学中更加明显：《红旗谱》讲述的是一个农民如何走上革命道路的故事，《创业史》《艳阳天》讲述的则是一个农民如何成长为"社会主义新人"的故事。即使在 1990 年代的《白鹿原》中，主要表现的也是白嘉轩面临的时代风云，以及传统宗法社会在现代革命风潮中的解体。在这个意义上，我们可以说《大地》中的王龙，是白嘉轩的"前史"——正是他的艰苦创业才奠定了一个家族的地位与声望；或者说，王龙实现了《创业史》中梁三老汉的理想——这也是千百年来中国贫苦农民的愿望。但是另一方面，正如梁三老汉被称为"旧式农民"，在《创业史》中受到批评一样，在充满变革的 20 世纪，传统中国农民的生活方式已不可能再延续，一个农民变成地主的理想也不可能再延续，中国乡村必须在变革的世界寻找新的出路，必须探寻新的理想与新的生活方式。而 20 世纪的中国"新文学"，也正是在这个意义上参与了中国社会的变革过程，从鲁迅、茅盾到赵树理、柳青、浩然、路遥，他们与笔下的人物血肉相连，他们的作品与中国农民一起探索着现代化的路程，写出了 20 世纪中国乡村所经历的苦难、革命与梦想。

对于像我这样在"新文学"传统中成长起来的人来说，最初读到《大地》，难免会大吃一惊：一个农民的追求竟然是要成为地主？但仔细想一想，这正是千百年来中国农民的"常态"，也是绝大多数农民的真实心态（1950 年代中期"合作化"时期及以前）。因为在那以前，中国农民看不到别的出路，千百年来的生活习俗也塑造了他们的理想。正是在这个意义上，我们可以看到传统中国乡村是

"小生产者的汪洋大海"，中国革命正是在这样艰难的环境中进行的，中国"新文学"也是在这样的环境中与中国农民的"旧式理想"做斗争的，所以中国"新文学"强调变革，注重批判，塑造理想性的人物（"新人"）引导中国乡村的改变。——尽管中国"新文学"内部有不同的流派与阶段，但在对旧式农民及其旧式理想进行批判这一点上，态度上却具有同一性。正是在这一点上，赛珍珠与中国"新文学"不同，她对待旧式农民及其理想的态度是"描述"，是以同情的笔调去贴近。在这个意义上，我们可以理解茅盾、胡风、巴金对她的批评。但是在我们今天看来，赛珍珠的《大地》的价值，恰恰在于她为我们提供了一幅不同于"新文学"的中国乡村的图景，让我们可以看到传统中国农民的生活方式与生活理想。对于我们来说，这已经是一幅陌生的图景，只有理解这一图景，我们才能理解赛珍珠，也才能更深刻地理解中国"新文学"。

如果从这样的视角去看，《大地》三部曲的另外两部《儿子》《分家》也具有不可替代的价值。《儿子》以王龙的儿子王虎为主人公，王龙的"儿子们都不是好东西：老大沉湎于空虚的放荡生活；老二当了商人和高利贷者，被金钱的贪欲淹没了；老三成了'军阀'，祸害不幸的国家"。（诺贝尔文学奖授奖词）《儿子》主要描述老三王虎作为一个小军阀的一生，他在乱世中戎马倥偬，背叛了父辈对土地的感情，想以自己的力量成为割据一方的"强人"，他不近女色，不重亲情，严格要求自己与所属的部队，但是他并没有等到最佳的政治时机，在势力最强大的时候也不过控制了两个县城，最后他空怀着一个强者的梦想死去。在这个小军阀身上，赛珍珠写出了她对一部分中国人的印象，他们意志坚强，但是在变化了的时代中仍坚守着传统的思维方式，于是造就了一种个人的悲剧。在中国的"新文学"中，虽然不少作品涉及军阀争斗所造成的饥馑遍野，民不聊生（如沈从文的作品等），但很少有作品以一个军阀为主人公，探讨他的内心世界与人生历程。在这一方面,《儿子》可以说给我们提供了一个独特的视角,尽管我们可以说,小说中对主人公的描述不无偏执,其中一些场面(如战争场景)也更接近臆想,而偏离现实太远。

在《儿子》中,我们可以读到不少时代性的因素,而这些在第三部《分家》中则有着更明显的体现。《分家》以王虎的儿子王源为主人公,像他的父亲王虎背叛了父亲王龙一样,王源也背叛了自己的父亲王虎。但他走的是另一条道路,他为了逃婚和躲避父亲的精神控制,从乡村逃到了一个沿海的大城市(小说中虽然没有明确提及,但我们可以感觉到是上海),从这里他又去美国留学,6 年之后回来,他已告别了父祖辈的生活理想,开始追寻新的生活理想,也开始追寻真正属于自己的爱情。相对于《大地》《儿子》,《分家》所讲述的是我们更熟悉的故事,也是中国"新文学"更擅长表现的情感结构与情感冲突。事实上,在读《分家》的时候,我会不断联想到中国的作家,比如描述父子冲突与逃婚的情节,会让人想到巴金的《激流》三部曲;比如写上海舞场的场景与人物,会让人想到"新感觉派"穆时英、刘呐鸥等人的作品;而写王源在美国的经历,他的自尊与自卑,他的屈辱感,他的民族情感与男女情爱的纠缠,则会让人想到郁达夫《沉沦》中的故事。——不论相似或相异,可以说《大地》三部曲为我们提供了一个观察中国的新视角。

二

但是读赛珍珠的《母亲》,却给人以另外的感受。相对于《大地》三部曲,《母亲》在文学界获得了很高的评价,《纽约时报》当时的书评指出:"《母亲》是赛珍珠至今创作的所有作品中,最具有建筑统一性和简洁有力特征的作品。简洁和力度几乎具备了强大的特质。不仅如此，赛珍珠的成就还表现在她从人类普遍价值观的角度来描述与我们自己相异的民族。"伦敦的《时代》文学增刊也认为："赛珍珠从不曾写过比《母亲》还好的书，她凭借敏锐直觉的天赋，深入到中国农村妇女的思想、内心和精神之中，揭示了生命永恒的价值。"1938 年诺贝尔文学奖的授奖词也说，"'母亲'在赛珍珠的中国女性形象中是最完美的，这本书也是她最好的一部。"

　　《母亲》讲述的是中国乡村一位母亲的故事，她的一生充满了苦难，可以说是旧时代中国妇女的典型与象征。在年轻的时候，她的丈夫就离家出走，一去不回，她一个人赡养着婆婆，拉扯着三个儿女生活。她艰难地支撑着一个家庭，到田里去干活，还要忍受村里人的风言风语。她的大儿子慢慢长大了，她为他娶了媳妇，但是一直没有生孩子；她的女儿幼时眼睛经常被烟熏，没有得到及时的医治，最后眼睛全瞎了，后来她嫁到了大山深处，当"母亲"半年后去探望她的时候，她刚刚死去；小儿子小时候备受宠爱，长大后他却参加了革命，后来遭到逮捕，被处死，"母亲"亲眼看到了他被押赴刑场的场景，晕倒了过去。"母亲"一生中唯一的愧疚，是她在丈夫走后耐不住寂寞，与下乡收租的账房先生的一次偷情，她认为自己遭受的苦难是上天对她的惩罚。她一次次拜佛，最后她的大儿子终于生了孩子，"母亲一句话也不说，一个人也不理会，就往屋里跑，走到床前，看见了孩子，一个男孩子！像他父亲说的一般无二，张着大嘴，哭声很响，她从来没有看见过这样又漂亮又肥壮的孩子。母亲弯下腰来，把孩子抱在怀里，觉得暖暖乎乎的，很健壮。就连她自己也像又充满了新生命一样……"

　　小说中的"母亲"没有姓名，作者在小说中直接以"母亲"来称呼，可见赛珍珠所写的并不是中国乡村中某一位母亲，而是中国乡村中"母亲"的典型与代表，她所写的不是"个性"，而是中国乡村母亲的"共性"，在这一点上，《母亲》取得了非凡的成功，可以说是一部不可多得的杰作。在这部小说中，我们可以看到千百年来中国乡村妇女所承受的苦难，她们的生活与内心世界。小说所塑造的是一个大地母亲的形象，"母亲"像大地一样深沉厚重，也像大地一样承载着一切——苦难，灾荒，战乱与革命。但她始终坚忍不拔，"她的整个命运都体现在'母亲'这个词中。然而，她是有生动个性的，是一个强壮、勇敢、精力充沛的人物。"（诺贝尔文学奖授奖词）在"母亲"的形象中，凝聚着赛珍珠对中国乡村妇女命运的观察与思考，她以饱含深情的目光注视着"母亲"的一生。

但是在这里，我们也可以发现，赛珍珠的目光是隔着一段距离的，小说的视角是俯视或旁观式的，她很少能够真正深入到"母亲"的内心世界。在这一点上，我们可以将之与赛珍珠描写自己母亲的传记《离乡背井》相比较，"母亲凯丽勇敢热情，有天分，有诚恳的天性，在各种力量当中善于协调。她在悲愁和危险之中经受了严峻的考验……她甚至在内心经历了一场艰苦和连续的斗争。在她的内心倾向中，凭着她的天性，她需要比坚定的宗教信仰更多的东西。……然而，她保持着精神上的健康，保持着对生活的热爱，尽管生活给她展示了那么多的可怖之处。她懂得鉴赏人世所呈现的美；她甚至保留着她的快乐和她的幽默。她就像发源于生命心脏的一股清泉。"（诺贝尔文学奖授奖词）在这里，我们所看到的，显然是一个更具个性化的"母亲"。

当然将描写自己母亲与描写中国"母亲"的作品相比较，对于赛珍珠来说并不公平，毕竟作家投入的经验、情感是迥然不同的。在这里，我们可以将之与鲁迅描述乡村妇女的《祝福》略作比较。我们可以看到，在《祝福》中鲁迅也描述了祥林嫂的命运，在小说中，鲁迅也着重突显了叙述者——知识分子"我"——与祥林嫂的隔膜及其冷漠，但是我们也可以感受到鲁迅笔下的疼痛与反思。如果比较一下赛珍珠与鲁迅对待中国乡村妇女的态度，我们可以发现，赛珍珠的态度是简单的，是一种远距离视野下的同情，而鲁迅的态度则是"纠结"的，他的纠结在小说中以"复调"的形式表现出来——祥林嫂的人生悲剧，叙述者"我"的逃避与惶恐，以及"作者"欲说还休的复杂叙述态度。或许我们可以说，像这样复杂而纠结的叙述态度正显示了鲁迅置身其中的切身感受，而赛珍珠的"同情"虽然颇为可贵，但或许在她的内心中仍隐藏着对于异域文明的优越感。

在这个意义上，我们会发现，这部小说更像一部社会学或人类学著作，或者说，在其中隐藏着"东方主义"的内在视野。赛珍珠是在面向西方世界讲述一个中国乡村妇女的故事，正如早期人类学对低等文明的"客观"描述，意在确认西方文化作为一种高级文明的优越性。在小说中，赛珍珠虽然关注中国乡村妇女的命运，但她的目光也是"客观"的，小说中的人物仿佛生活在一个遥远的时空，作者所讲的也是一个"遥远的故事"。但对于身处于"远东"的中国人来说，赛珍珠的故事未免过于简单，小说中的人物也有些抽象化——"母亲"的形象不像生活在具体生活中的人物，而是某种观念（母爱＋东方）的产物。尽管某种程度的抽象化也是一种艺术化的方式，比如福克纳《八月之光》中的莉娜，或者海明威《老人与海》中的老人——但是在《母亲》中，这种抽象化也限制了作者在艺术上做出更为丰富复杂的把握。

尽管如此，《母亲》仍可以说是一部优秀的作品，小说对中国乡村生活的场景、细节、氛围的描摹，即使在中国小说中也很少有出其右者，"在一个农家茅屋的厨房里，母亲坐在炉灶后面的一个矮竹凳上，很伶俐地向着烧火的灶口里投着干草。火刚烧着，她四下随处捡几根柴火或树叶子，再加进去一些去年秋天从山上砍下来的干草。"小说的开头，便将我们带入了母亲生活的现场，长句子所造成的舒缓的叙述节奏，很好地营造了小说的氛围，有一种回环往复的音乐感。这种叙述语调贯穿始终，缓慢而悠长，正如"母亲"的一生。赛珍珠以诗一样的叙述方式，在平静的描摹中赞美了一个中国乡村妇女的生活，以及那包容一切的母爱。可以说在"母亲"这一形象中，凝聚了千百年来中国女性的美德，也凝聚了人类对母爱共同的赞颂。

赛珍珠的作品中虽然不乏东方主义的元素，但是我们只有历史地看待赛珍珠所塑造的中国人形象，才能对她在中西文化交流中的作用有一个公平的认识。在赛珍珠之前，在 19 世纪和 20 世纪初的欧美文艺作品中，中国人物大多是供人取笑、侮辱的丑角。1877 年马克·吐温与布莱特·哈特合写了一出闹剧《阿兴！》，剧中的阿兴为白人矿工洗衣，他不但常挨打，还被骂成是"愚蠢而又可怜的畜生"。20 世纪初在美国和欧洲流传最广的有关华人的文学作品，可以说是英国人罗姆创作的傅满洲系列小说，书中的傅满洲是个精明险恶的华人头目，妄想征服西方世界。傅满洲系列小说在 1930 年代被好莱坞改编为电影，主要的情节是傅满洲兴风作浪，而苏格兰的史密斯爵士挺身而出，与之斗智斗勇，最后结局当然是白人最终战胜了野心勃勃的"异类"。我们可以看到，与这些作品中的中国人形象被"丑化"与"恶魔化"相比，赛珍珠在她的小说中所塑造的是更为真实的中国人——在她的小说中，中国人不再是奇怪、神秘、阴险、难以理解的人种，而是同世界上任何地方的人相似，在大地上生存的人群。

根据赛珍珠小说改编的同名电影《大地》，不仅在 1937 年获得了奥斯卡最佳女主角奖，也极大地改变了美国人对中国人的印象。关于电影《大地》，由于影片中的主人公王龙拖着辫子，并且由西方人扮演，也受到了当时一些知识分子的批评与争议。我观看此片的直观印象，也感觉有些怪异。电影改变了原作中的一些重要情节，突出了王龙妻子阿兰的分量，是阿兰（而非小说中的王龙）得到了他们最初发家的那笔财富。王龙在电影中也没有再次纳妾，而是赶走了他的小妾荷花，与阿兰重归于好——这遵循了好莱坞的逻辑，也有利于改善中国人的形象，但却不像原著那样呈现了那个时代中国农民的生活逻辑。

另外值得一提的是，不少美国青年正是读了赛珍珠的著作，才对中国产生兴趣，其中最为人所知的便是埃德加·斯诺和他的妻子海伦·斯诺——他们与赛珍珠保持着长期的友谊。斯诺那本影响世界的《西行漫记》，最初便是连载在赛珍珠与其丈夫创办的《亚洲》杂志上。如果我们历史地看，从傅满洲这样邪恶的中国人形象，到赛珍珠笔下的"大地"与"母亲"，再到斯诺夫妇笔下"活的中国"，正是美国与西方文化对中国理解不断深化的过程，而在这一过程中，赛珍珠无疑占据着一个独特而关键的位置。

三

1934 年，赛珍珠回到美国后，再也没有来过中国，但她终生从事的事业都与中国相关。1941 年赛珍珠夫妇在美国成立了"东西方协会"，通过举办具体的教育交流项目来促进东西方人民之间的相互理解。40 年代初，赛珍珠夫妇与作家拉地摩尔、林语堂等人一起，倡导成立一个全国性组织——"废除排华法公民委员会"，赛珍珠担任主要发言人。1943 年 10 月 22 日，"排华法"终于在出台长达 60 多年后土崩瓦解。二战期间，赛珍珠积极支持中国人民的伟大抗日战争，她所领导的"东西方协会"聘请我国旅美表演艺术家王莹担任董事和中国戏剧部主任。王莹在白宫演出《放下你的鞭子》并高唱《义勇军进行曲》等活动，就是由赛珍珠促成并亲自主持的。在抗战高潮时期，赛珍珠还出版了小说《龙子》，讲述了一个家庭团结起来抗日的故事，揭露日本侵略者在中国犯下的种种罪行并向中国人民的英勇抗战表示敬意。1941年,《龙子》改编为同名电影,受到急于了解亚洲战区情况的美国人民的欢迎。赛珍珠对蒋介石政权有不少批评,成为当时美国的中国问题的一个主要观察家。

赛珍珠也与不少中国作家保持着友好交往,林语堂的《吾土吾民》便是由赛珍珠作序在美国出版的。抗战结束后,她领导的"东西方协会"接待了赴美的老舍和曹禺,帮助他们了解美国社会和向美国人民介绍中国文化。赛珍珠还积极协助老舍在美国出版他的作品,她向编辑和书商们大力推荐《骆驼祥子》和《四世同堂》等作品。1945年,为避免和《骆驼祥子》争读者,赛珍珠将自己的小说《群芳亭》推迟了好几个月出版。《骆驼祥子》也成为40年代在美国畅销的寥寥几本中国题材小说之一。

赛珍珠还向美国与西方介绍中国文化,她翻译了我国的古典文学名著《水浒传》,并将书名改为《四海之内皆兄弟》。1938年,在诺贝尔文学奖的获奖演说中,赛珍珠讲的是"中国小说",她说:"因为虽然我生来是美国人,我的祖先在美国,我现在住在自己的国家并仍将住在那里,我属于美国,但是恰恰是中国小说而不是美国小说决定了我在写作上的成就。我最早的小说知识,关于怎样叙述故事和怎样写故事,都是在中国学到的。今天不承认这点,在我来说就是忘恩负义。不过,完全为了个人的原因在诸位面前说中国小说这个题目倒是有些冒昧。还有另一个原因我觉得完全可以这样做。这就是我认为中国小说对西方小说和西方小说家具有启发意义。"在这篇演讲中,赛珍珠讲到了中国小说的传统——从神话、志怪小说到《水浒传》《三国演义》和《红楼梦》,也讲到了中国小说的地位——受到文言经典与文人文学的双重压抑,而受到普通民众的欢迎,最后她讲到了她从中国小说中所受到的启发,而这主要来自于"说书人的传统"。她在演讲结束的时候说:"不,一个小说家决不能把纯文学作为他的目的。他甚至不能对纯文学了解得太多，因为他的素材——人民——并不在那里。他是在村屋里说书的人，他要用他的故事把人们吸引到那里。文人经过时他无须抬高他的嗓子。但若一群上山求神朝圣的穷人路过时，他一定要使劲把他的鼓敲响。他必须对他们大声说：'喂，我也讲神的故事！'对于农夫，他一定要讲到他们的土地；对于老头儿，他一定讲到和平；对老太太，他必须讲到她们的孩子；而对年轻的男男女女，他一定要讲他们之间的关系。只要这些平民高兴听他讲，他就会感到满意。至少我在中国学到的就是如此。"

在这里，我们可以看到赛珍珠的小说之所以受到普通大众的欢迎，不仅在于她写作题材的独特，而且在于她受到了传统中国小说观念的影响，她是面向大众的"说书人"，而不是致力于"纯文学"的作家——像她同时代的乔伊斯或福克纳一样。

而与多年后中国获奖作家的演讲——高行健的《文学的理由》、莫言的《讲故事的人》——相比，赛珍珠的演讲似乎更能代表中国小说的传统。高行健所讲的只是文学相对于政治的"理由"——"我想要说的是，文学也能是个人的声音，而且，从来如此。文学一旦弄成国家的颂歌、民族的旗帜、政党的喉舌，或阶级与集团的代言，尽管可以动用传播手段，声势浩大，铺天盖地而来，可这样的文学也就丧失本性，不成其为文学，而变成权力和利益的代用品。"而莫言则通过讲述母亲的故事强调了文学的民间传统："我是一个讲故事的人。因为讲故事我获得了诺贝尔文学奖。"但是我们可以发现，高行健或莫言讲故事的方式都受到了西方文学的极大影响，而赛珍珠则在中国小说中寻找到了自己的叙述方式。或许这是中西文化交流中一个有趣的现象，人们只能在相异的文明中才能更清晰地照见自己，也只有在相互交融中才能具有更加丰富的视野，才能形成一个作家独特的"艺术世界"。

青 年 学 者 文 库

新视野下的文化与世界

　　另一方面，赛珍珠也指出："我说中国小说时指的是地道的中国小说，不是指那种杂牌产品，即现代中国作家所写的那些小说，这些作家过多地受了外国的影响，而对他们自己国家的文化财富却相当无知。"这可以视为赛珍珠对中国"新文学"的一种批评。但是鲁迅在一封信中，也对赛珍珠提出了批评："先生要作小说，我极赞成，中国的事情，总是中国人做来，才可以见真相，即如布克夫人，上海曾大欢迎，她亦自谓视中国如祖国，然而看她的作品，毕竟是一位生长中国的美国女教士的立场而已，所以她之称许"寄庐"，也无足怪，因为她所觉得的，还不过一点浮面的情形。只有我们做起来，方能留下一个真相。"中国人当然更能见出中国的"真相"，但是外部的视角并非都是"浮面的情形"，如我们前面所分析的，赛珍珠对中国乡村生活"常态"的描述，便是中国新文学作家所没有表现的。而赛珍珠对传统中国小说的推崇，也让她难以看到传统中国文化已无能力应对现代世界，中国文化只有浴火重生，才能凤凰涅槃。

　　在赛珍珠的作品中，也确有"浮面的情形"，比如她在1956年所写的以慈禧太后为主人公的《帝王女人》，虽然对慈禧太后作为一位女性与"政治家"的难处有着深切的理解，但对中国历史与宫廷政治了解的匮乏，也使此部小说略显肤浅。从我们今天的视角来看，此部小说颇似《甄嬛传》，对宫廷内部的斗争有深入细致的表现，但与之不同的是，《帝王女人》也写了朝廷之上的政治斗争，以及中国面临"数千年未有之变局"的危难，这三重压力加在慈禧太后身上，她却只能以旧的权力思维面对新的政治形势，注定是一个悲剧人物。小说对慈禧太后多有体贴，但也有不少臆测与编造，这使此部小说的艺术质量大大削弱。

　　1972年中美邦交恢复后，赛珍珠不顾80高龄，向中国政府提出访华要求，并计划以新的观点写一部《红色国土》。可是在久久等待之后，接到的却是 5 月 17 日中国驻加拿大使馆发来的信，其中写道："由于你长期以来在著作中丑化、中伤和诽谤中国人民和他们的领袖，我受权通知你，不能接受你的访华要求。"

　　1973 年 3 月 6 日，赛珍珠带着遗憾离开了人世。尼克松总统闻讯后称她为"一座沟通东西方文明的人桥"，"一位伟大的艺术家，一位敏感、富于同情心的人"。赛珍珠被葬在离她的宾州住宅几百码处的一棵白蜡树下，她亲自设计的墓碑上没用一个英文字母，只是在一个方框内镌刻了"赛珍珠"三个汉字。